NEIDHART VON REUENTAL

Lieder

AUSWAHL

MIT DEN MELODIEN ZU NEUN LIEDERN

MITTELHOCHDEUTSCH / NEUHOCHDEUTSCH

ÜBERSETZT UND HERAUSGEGEBEN

VON HELMUT LOMNITZER

PHILIPP RECLAM JUN. STUTTGART

Die mittelhochdeutschen Texte sind der 1963 im Max Niemeyer Verlag, Tübingen, erschienenen Ausgabe *Die Lieder Neidharts*, herausgegeben von Edmund Wießner, 2. Auflage, revidiert von Hanns Fischer (Altdeutsche Textbibliothek, Nr. 44), entnommen.

Umschlagabbildung: Neidhart. Miniatur aus der Manessischen Liederhandschrift (1. Hälfte 14. Jh.).

Universal-Bibliothek Nr. 6927

Überarbeitete Ausgabe 1984
Gesamtherstellung: Reclam, Ditzingen. Printed in Germany 1993

ISBN 3-15-006927-0

Vorbemerkung

Als dieses Bändchen 1966 erschien, war nicht abzusehen, welchen Aufschwung die Neidhart-Forschung spätestens seit Ulrich Gaiers Satire-Buch aus dem Jahre 1967 nehmen würde. Der bis heute ungemindert anhaltenden Lebendigkeit, ja kontinuierlich sich verstärkenden Intensität wissenschaftlichen Bemühens um Neidhart-Fragen aller Schattierungen ist zu verdanken, daß der gegenwärtige Erkenntnisstand trotz unübersehbaren Divergenzen im einzelnen gegenüber dem der frühen sechziger Jahre ein reiches Maß an Fortschritt erbracht hat. In dieser Situation kam ein unveränderter Nachdruck dieser zweisprachigen Auswahlausgabe zumal wegen ihres wissenschaftsbezogenen Beiwerks nicht länger in Frage. Ich habe mich daher auf Bitten des Verlags und im Einvernehmen mit ihm um eine entsprechende Aktualisierung bemüht, von der an sich naheliegenden Versuchung, dem Büchlein von Grund auf ein neues Gesicht zu verleihen, vorerst allerdings Abstand genommen. In den Übersetzungen wurden einzelne Versehen und Unschärfen gebessert, die Liedkommentare, das Literaturverzeichnis und Nachwort dagegen weitgehend erneuert.

Im Marz 1983 *H. L.*

»Sie hat mit ihrem Pfeil
mich tödlich verwundet,
denn aus Liebeskummer
leide ich große Qual.
Er ist aus rotem Gold, nicht aus Stahl.
In mein Herz hat sie mit einem Mal geschossen.«

»Sage, aus welchem Grund
dich die Minne zum Ziel gewählt hat?«
»Schweres Los
kann die Minne bereiten.
Sie zwingt einen, daß man vergeht unter Lachen,
selten schläft, oft trauernd wacht.«

Recht begriff da die Junge,
daß der Sinn der Alten
nach Liebesfreuden verlangte –
wie auch ich es gern möchte,
bedrückte mich nicht mein Liebesschmerz
und dürfte ich auf die Erfüllung meiner Liebe hoffen.

2

Eine Alte sprang los,
wie ein Zicklein hoch empor: sie wollte Blumen bringen.
»Tochter, reich mir mein Feiertagskleid!
Ich muß an eines jungen Ritters Hand,
der nach Reuental benannt ist.
Traranuretun traranuriruntundeie.«

»Mutter, haltet nur eure Sinne beisammen!
Der Ritter denkt nicht dran, treu in der Liebe zu sein.«
»Tochter, laß mich ungeschoren!
Ich weiß wohl, was er mir beteuert hat.
Vor Sehnsucht nach seiner Liebe sterbe ich.
Traranuretun traranuriruntundeie.«

Dô sprachs' ein alte in ir geile: III
»trûtgespil, wol dan mit mir! ja ergât ez uns ze heile.
wir suln beid nâch bluomen gân.
war umbe solte ich hie bestân,
sît ich sô vil geverten hân?
traranuretun traranuriruntundeie.«

3

Ûf dem berge und in dem tal I
hebt sich aber der vogele schal,
hiure als ê
gruonet klê.
rûme ez, winter, dû tuost wê!

Die boume, die dâ stuonden grîs, II
die habent alle ir niuwez rîs
vogele vol:
daz tuot wol.
dâ von nimt der meie den zol.

Ein altiu mit dem tôde vaht III
beide tac und ouch die naht.
diu spranc sider
als ein wider
und stiez die jungen alle nider.

4

Ine gesach die heide I
nie baz gestalt,
in liehter ougenweide
den grüenen walt:

Froh rief sie da einer andern Alten zu:
»Liebe Freundin, los, auf mit mir! Wir werden gewiß Glück
Wir wollen beide nach Blumen gehn. [haben.
Warum sollte ich hier bleiben,
da ich so viele Gefährtinnen habe?
Traranuretun traranuriruntundeie.«

3

In Berg und Tal
erhebt sich wieder der Vöglein Gesang,
wie ehedem
grünt jetzt der Klee.
Entweiche, Winter, du tust weh!

Die Bäume, die vom Reif bedeckt waren,
haben nun alle ihr grünes Reis
voll von Vögeln.
Das tut gut.
Davon erhebt der Mai den Zoll.

Eine Alte rang mit dem Tod
Tag und Nacht.
Die hopste seitdem
wie ein Widder umher
und stieß alle Jungen um.

4

Ich habe die Heide
nie schöner gesehen,
einen prächtigen Anblick
bietet der grüne Wald.

bî den beiden kiese wir den meien.
ir mägde, ir sult iuch zweien,
gein dirre liehten sumerzît in hôhem muote reien.

Lop von mangen zungen II
der meie hât.
die bluomen sint entsprungen
an manger stat,
dâ man ê deheine kunde vinden,
geloubet stât diu linde:
dâ hebt sich, als ich hân vernomen, ein tanz von höfschen kinden.

Die sint sorgen âne III
und vröuden rich.
ir mägede wolgetâne
und minneclîch,
zieret iuch, daz iu die Beier danken,
die Swâbe und die Vranken!
ir brîset iuwer hemde wîz mit sîden wol zen lanken!

»Gein wem solt ich mich zâfen?« IV
sô redete ein maget.
»die tumben sint entslâfen;
ich bin verzaget.
vreude und êre ist al der werlde unmaere.
die man sint wandelbaere:
deheiner wirbet umbe ein wîp, der er getiuwert waere.«

»Die rede soltû behalten«, V
sprach ir gespil.
»mit vröuden sul wir alten:
der manne ist vil,
die noch gerne dienent guoten wîben.
lât solhe rede belîben!
ez wirbet einer umbe mich, der trûren kan vertrîben.«

An beiden können wir den Mai erkennen.
Ihr Mädchen, ihr sollt euch einen Partner suchen,
zum Empfang der sonnigen Sommerzeit fröhlich tanzen!

Viele Zungen preisen
den Mai.
Die Blumen sind entsprossen
vielerorts,
wo man vorher keine finden konnte.
Neu belaubt steht die Linde.
Da hebt, wie ich hörte, ein Tanz von schmucken
Mädchen an.

Die sind unbekümmert
und freudigen Sinnes.
Ihr schönen
und liebreichen Mädchen,
schmückt euch, daß euch die Baiern danken,
die Schwaben und die Franken!
Schnürt eure weißen Röcke mit Seidenbändern fest um die
Hüften!

»Für wen sollte ich mich schön machen?«,
sprach ein Mädchen.
»Die jungen Männer schlafen ja.
Ich habe keine Hoffnung mehr.
Frohsinn und Ehrgefühl sind aller Welt gleichgültig.
Die Männer sind flatterhaft.
Keiner wirbt um eine Frau, die ihm Ehre bringen könnte.«

»So darfst du nicht reden«,
sprach ihre Freundin.
»Wir haben Grund, fröhlich zu bleiben.
Es gibt noch viele Männer,
die tugendhaften Frauen gern dienen.
Laß darum solche Reden sein!
Um mich wirbt einer, der Trübsal vertreiben kann.«

»Den soltû mir zeigen, VI
wier mir behage.
der gürtel sî dîn eigen,
den umbe ich trage!
sage mir sînen namen, der dich minne
sô tougenlîcher sinne!
mir ist getroumet hînt von dir, dîn muot der stê von hinne.«

»Den si alle nennent VII
von Riuwental
und sînen sanc erkennent
wol über al,
derst mir holt. mit guote ich im des lône:
durch sînen willen schône
sô wil ich brîsen mînen lîp. wol dan, man liutet nône!«

5

»Fröut iuch, junge und alte! I
der meie mit gewalte
den winder hât verdrungen,
die bluomen sint entsprungen.
wie schôn diu nahtegal
ûf dem rîse ir süeze wîse singet, wünneclîchen schal!

Walt nu schône loubet. II
mîn muoter niht geloubet,
der joch mit einem seile«,
sô sprach ein maget geile,
»mir bunde einen fuoz,
mit den kinden zuo der linden ûf den anger ich doch muoz.«

»Den mußt du mir zeigen,
damit ich sehe, wie er mir gefällt.
Der Gürtel soll dir gehören,
den ich umhabe!
Nenne mir ihn, der dich liebt,
ohne daß jemand davon weiß!
Heute nacht träumt' ich von dir, du wolltest von hier fort!«

»Den sie alle nennen
den von Reuental
und dessen Lieder sie kennen
wohl allesamt,
der ist mir gewogen. Mit Gutem lohn ich's ihm.
Schön um seinetwillen
will ich mich schnüren. Doch fort, man läutet Mittag!«

5

»Freut euch, ihr Jungen und Alten!
Der Mai hat mit Macht
den Winter vertrieben,
die Blumen sind entsprossen.
Wie schön die Nachtigall
auf dem Zweig ihr liebliches Lied singt, Freudenjubel!

Der Wald bedeckt sich mit frischem Laub.
Meine Mutter glaubt nicht,
daß, selbst wenn man mit einem Strick«,
so sprach ein fröhliches Mädchen,
»mir den Fuß festbände,
ich doch mit den Mädchen zur Linde auf den Anger muß.«

Daz gehôrte ir muoter: III
»jâ swinge ich dir daz fuoter
mit stecken umbe den rugge,
vil kleine grasemugge.
wâ wilt dû hüpfen hin
ab dem neste? sitze und beste mir den ermel wider in!«

»Muoter, mit dem stecken IV
sol man die runzen recken
den alten als eim sumber.
noch hiuwer sît ir tumber,
dan ir von sprunge vart.
ir sît tôt vil kleiner nôt, ist iu der ermel abe gezart.«

Ûf spranc sî vil snelle. V
»der tievel ûz dir belle!
ich wil mich dîn verzîhen;
dû wilt vil übel gedîhen.«
»muoter, ich lebe iedoch,
swie iu troume, bî dem soume durch den ermel gât daz loch.«

6

»Nu ist der küele winder gar zergangen, I
diu naht ist kurz, der tac beginnet langen,
sich hebet ein wünneclîchiu zît,
diu al der werlde vreude gît;
baz gesungen nie die vogele ê noch sît.

Komen ist uns ein liehtiu ougenweide: II
man siht der rôsen wunder ûf der heide,
die bluomen dringent durch daz gras.
schône ein wise getouwet was,
dâ mir mîn geselle zeinem kranze las.

Das hörte ihre Mutter:
»Wahrlich, ich werde dir schon das Futter
mit dem Stock auf den Rücken schwingen,
winzige Grasmücke.
Wo willst du hinhüpfen
aus deinem Nest? Bleib sitzen und näh mir den Ärmel
wieder fest!«

»Mutter, mit dem Stecken
soll man den Alten
die Runzeln glätten wie einer Trommel.
Ihr werdet dümmer
von Jahr zu Jahr.
Ihr sterbt noch an einer Lappalie, wenn euch bloß der Ärmel
abgerissen ist.«

Geschwind sprang sie auf.
»Der Teufel soll in dich fahren!
Ich will nichts mehr mit dir zu schaffen haben,
du drohst ganz schlimm auszuarten.«
»Mutter, ich bin wach und bei Verstand,
während ihr träumt. Am Saum geht das Loch durch den
Ärmel.«

6

»Nun ist der kalte Winter endlich vorbei,
die Nächte sind kurz, die Tage werden länger,
eine herrliche Zeit bricht an,
die aller Welt Freude schenkt.
Schöner haben die Vögel noch nie gesungen.

Ein strahlender Anblick liegt vor unseren Augen:
unzählige Rosen sieht man auf der Heide,
die Blumen sprießen durch das Gras.
Mit frischem Tau war die Wiese benetzt,
auf der mir mein Liebster Blumen zum Kranze las.

Der walt hât sîner grîse gar vergezzen, III
der meie ist ûf ein grüenez zwî gesezzen:
er hât gewunnen loubes vil.
bint dir balde, trûtgespil!
dû weist wol, daz ich mit einem ritter wil.«

Daz gehôrte der mägde muoter tougen; IV
si sprach: »behalte hinne vür dîn lougen!
dîn wankelmuot ist offenbâr.
wint ein hüetel um dîn hâr!
dû muost âne dîne wât, wilt an die schar.«

»Muoter mîn, wer gap iu daz ze lêhen, V
daz ich iuch mîner wacte solde vlêhen,
dern gespunnet ir nie vadem?
lâzet ruowen solhen kradem!
wâ nu slüzzel? sliuz ûf balde mir daz gadem!«

Diu wât diu was in einem schrîne versperret: VI
daz wart bî einem staffel ûf gezerret.
diu alte ir leider nie gesach:
dô daz kint ir kisten brach,
dô gesweic ir zunge, daz si niht ensprach.

Dar ûz nam sî daz röckel alsô balde, VII
daz was gelegen in maneger kleinen valde.
ir gürtel was ein rieme smal.
in des hant von Riuwental
warf diu stolze maget ir gickelvêhen bal.

Der Wald weiß nichts mehr von seiner grauen Farbe,
der Mai hat sich auf einen grünen Zweig niedergelassen.
Neues Laub hat er in Fülle.
Setz schnell deinen Kranz auf, liebe Freundin!
Du weißt doch, daß ich zu einem Ritter will.«

Das hörte des Mädchens Mutter heimlich.
Sie sprach: »Hör auf, es länger abzuleugnen!
Dein Leichtsinn liegt offen zutage.
Bind dir lieber ein Kopftuch ums Haar!
Du mußt ohne dein Kleid gehen, wenn du zur Tanzschar willst.«

»Liebe Mutter, wer gab euch das Recht dazu,
daß ich euch um mein Kleid erst anflehen müßte,
von dem ihr keinen einzigen Faden gesponnen habt?
Hört auf mit solchem Spektakel!
Wo ist der Schlüssel? Schließt schleunigst mir auf die Kammer!«

Das Kleid war in einem Schrank eingeschlossen.
Mit einem Stuhlbein wurde der aufgezwängt.
Die Alte hatte nie etwas Betrüblicheres gesehen.
Als das Mädchen ihren Kasten aufbrach,
verschlug's ihr die Sprache, so daß sie kein Wort mehr hervorbrachte.

Geschwind nahm sie das Röckchen heraus,
das war in viele zierliche Falten gelegt.
Ihr Gürtel war ein schmales Band.
In die Hand des Reuentalers
warf das übermütige Mädchen ihren buntscheckigen Ball.

7

Blôzen wir den anger ligen sâhen, I
end uns diu liebe zît begunde nâhen,
daz die bluomen drungen durch den klê
aber als ê.
heide diust mit rôsen nû bevangen:
den tuot der sumer wol, niht wê.

Droschel, nahtigal die hoert man singen, II
von ir schalle berc unt tal erklingen:
si vreunt sich gegen der lieben sumerzît,
diu uns gît
vreuden vil und liehter ougenweide.
diu heide wünneclîchen lît.

Sprach ein maget: »die wisen wellent touwen. III
megt ir an dem sumer wunder schouwen?
die boume, die den winder stuonden val,
über al
sint si niuwes loubes worden rîche:
dar under singent nahtigal.

Losâ, wie die vogele alle doenent, IV
wie sî den meien mit ir sange kroenent!
jâ, waen ich, der winder ende hât.
Wîerât,
sprinc alsô, daz ich dirs immer danke!
diu linde wol geloubet stât.

Dâ sul wir uns wider hiuwer zweien. V
vor dem walde ist rôsen vil geheien:
der wil ich ein kränzel wolgetân
ûfe hân,
springe ich einem ritter an der hende
in hôhem muote. nû wol dan!«

7

Kahl haben wir den Anger liegen gesehen,
bevor uns die freundliche Jahreszeit nahte,
in der wieder die Blumen über den Klee hinausschossen
wie früher.
Jetzt ist die Heide mit Rosen bedeckt.
Der Sommer tut ihnen wohl, nicht weh.

Drossel und Nachtigall hört man singen
und von ihrem Lied Berg und Tal erklingen.
Sie freuen sich auf die schöne Sommerzeit.
Die schenkt uns
vielfältige Freuden und ihr Glanz erquickt unsere Augen.
In voller Pracht liegt die Heide da.

Ein Mädchen sprach: »Die Wiesen wollen tauig werden.
Schaut nur die Herrlichkeiten des Sommers!
Die Bäume, die den Winter über kahl standen,
tragen allesamt
neues Laub in Fülle.
Darunter schlagen die Nachtigallen.

Hört, wie die Vögel alle jubilieren
und den Mai mit ihrem Gesang verherrlichen!
Ja, ich glaube, der Winter ist endlich vorbei.
Wierat,
tanz los, daß ich dir's immer danken muß.
Die Linde steht in frischem Grün.

Da wollen wir uns jetzt wieder zu Paaren gesellen.
Am Waldesrand stehen viel Rosen in Blüte.
Von denen will ich ein schönes Kränzchen
tragen,
wenn ich an Rittershand tanze
frohen Sinnes. Auf denn!«

»Tohterlîn, lâ dich sîn niht gelangen! VI
wil dû die ritter an dem reien drangen,
die dir niht ze mâze ensulen sîn,
tohterlîn,
dû wirst an dem schaden wol ervunden.
der junge meier muotet dîn.«

»Sliezet mir den meier an die versen! VII
jâ trûwe ich stolzem ritter wol gehersen:
zwiu sol ein gebûwer mir ze man?
der enkan
mich nâch mînem willen niht getriuten:
er, waen, mîn eine muoz gestân.«

»Tohterlîn, lâ dir in niht versmâhen! VIII
dû wilt ze tumbe ritters künde vâhen:
daz ist allen dînen vriunden leit.
manegen eit
swüere dû: des wis nu âne lougen,
dîn muot dich allez von mir treit!«

»Muoter mîn, ir lâzet iuwer bâgen! IX
ich wil mîne vriunde durch in wâgen,
den ich mînen willen nie verhal.
über al
müezen sîn die liute werden inne:
mîn muot der strebt gein Riuwental.«

8

Ez gruonet wol diu heide, I
mit grüenem loube stât der walt:
der winder kalt
twanc si sêre beide.

»Tochter, laß es dich nicht danach gelüsten!
Wenn du mit Rittern im Tanze dich drehen willst,
die für deinesgleichen nicht bestimmt sind,
liebe Tochter,
wird dir am Ende gewiß Schaden daraus erwachsen.
Der junge Meier freit doch um dich.«

»Laßt mich mit dem nur in Ruhe!
Ich trau mir schon zu, mit einem stattlichen Ritter fertig zu werden.
Was soll mir ein Bauer als Mann?
Der versteht es doch nicht,
mich so, wie ich will, zu lieben.
Er wird, denke ich, auf mich verzichten müssen.«

»Tochter, laß ihn dir nicht verächtlich werden!
Du willst aus Unerfahrenheit eines Ritters Bekanntschaft suchen.
Das betrübt alle deine Freunde.
Viele Eide
hast du geschworen, das leugne nun nicht!
Dein Sinn führt dich ganz von mir fort.«

»Meine Mutter, laßt doch euer Gezänk!
Ich will meine Freunde um seinetwillen aufs Spiel setzen,
habe ich ihnen doch meinen Vorsatz nie verschwiegen.
Überall
sollen es die Leute erfahren:
mein Verlangen strebt nach Reuental.«

8

Frisches Grün schmückt die Heide,
in grünem Laub steht der Wald.
Der kalte Winter
hatte beiden Schmerz und Gewalt angetan.

diu zît hât sich verwandelôt.
mîn sendiu nôt
mant mich an die guoten, von der ich unsanfte scheide.

Gegen der wandelunge II
wol singent elliu vogelîn
den vriunden mîn,
den ich gerne sunge,
des sî mir alle sagten danc.
ûf mînen sanc
ahtent hie die Walhen niht: sô wol dir, diutschiu zunge!

Wie gerne ich nu sande III
der lieben einen boten dar,
(nu nemt des war!)
der daz dorf erkande,
dâ ich die seneden inne lie:
jâ meine ich die,
von der ich den muot mit staeter liebe nie gewande.

Bote, nu var bereite IV
ze lieben vriunden über sê!
mir tuot vil wê
sendiu arebeite.
dû solt in allen von uns sagen,
in kurzen tagen
saehens uns mit vröuden dort, wan durch des wâges breite.

Sage der meisterinne V
den willeclîchen dienest mîn!
si sol diu sîn,
diech von herzen minne
vür alle vrouwen hinne vür.
ê ichs verkür,
ê wold ich verkiesen, deich der nimmer teil gewinne.

Die Zeit hat sich gewandelt.
Meine Liebesschmerzen
erinnern mich an die Gute, von der ich schwer lassen kann.

In Erwartung des Frühlings
jubilieren alle Vöglein,
daß es meine Freunde hören können.
Ihnen widmete ich gern mein Lied,
wofür sie mir alle Dank sagten.
Auf meinen Gesang
achten die Welschen hier nicht: drum fahre wohl, deutsches Volk!

Wie gern möchte ich jetzt senden
hin zur Geliebten einen Boten
(das könnt ihr mir glauben!),
dem das Dorf bekannt wäre,
in dem ich die Liebste zurückließ.
Ja, meine Gedanken kreisen um die,
von der ich mein treuliebendes Herz nie abgewendet habe.

Bote, nun mach dich schnell auf den Weg
übers Meer nach lieben Freunden!
Mich schmerzen bitterlich
Sehnsuchtsqualen.
Du sollst ihnen allen von uns ausrichten,
daß sie in wenigen Tagen
uns freudig bei ihnen sehen könnten, läg nicht das breite Meer dazwischen.

Sage der Herrin,
daß ich ihr bereitwillig dienen will!
Sie soll diejenige sein,
die ich von Herzen liebe
vor allen Frauen immerfort.
Ehe ich von ihr ablasse,
wollte ich lieber verzichten, je Glück bei den andern zu haben.

Vriunden unde mâgen VI
sage, daz ich mich wol gehabe!
vil lieber knabe,
ob si dich des vrâgen,
wiez umbe uns pilgerîne stê,
sô sage, wie wê
uns die Walhen haben getân! des muoz uns hie betrâgen.

Wirp ez endelîchen, VII
mit triuwen lâ dir wesen gâch!
ich kum dar nâch
schiere sicherlîchen,
so ich aller baldist immer mac.
den lieben tac
lâze uns got geleben, daz wir hin heim ze lande strîchen!

Ob sich der bote nu sûme, VIII
sô wil ich selbe bote sîn
zen vriunden mîn:
wir leben alle kûme,
daz her ist mêr dan halbez mort.
hey, waere ich dort!
bî der wolgetânen laege ich gerne an mînem rûme.

Solt ich mit ir nu alten, IX
ich het noch eteslîchen dôn
ûf minne lôn
her mit mir behalten,
des tûsent herze wurden geil.
gewinne ich heil
gegen der wolgetânen, mîn gewerft sol heiles walten.

Si reien oder tanzen, X
si tuon vil manegen wîten schrit,
ich allez mit.

Freunden und Verwandten
berichte, daß ich wohlauf bin.
Lieber junger Bote,
wenn sie dich danach fragen,
wie es um uns Kreuzfahrer stehen mag,
dann sage, wieviel Leid
uns die Welschen angetan haben! Darüber müssen wir uns hier ärgern.

Verrichte deinen Auftrag gut und schnell,
laß Eile walten, wie sich's gehört!
Ich komme hinterher
gewiß so bald und schnell,
wie es mir irgend möglich ist.
Den Freudentag
lasse uns Gott erleben, daß wir zurück ins Heimatland ziehen!

Wenn der Bote zu langsam ist,
will ich mein eigener Bote sein
und meinen Freunden künden:
wir sind alle kaum noch am Leben,
das Heer ist mehr als zur Hälfte tot.
Ach, wäre ich dort!
An der Seite der Schönen nähme ich gern meinen Platz ein.

Dürfte ich dann bei ihr bleiben,
könnte ich noch mit manchem Lied
in Erwartung von Liebeslohn
dienen,
worüber tausend Herzen froh würden.
Habe ich Glück
bei der Geliebten, wird es meinem Sängerberuf zugute kommen.

Ob sie springen oder tanzen,
viele große Schritte machen,
in Gedanken bin ich immer dabei.

ê wir heime geswanzen,
ich sage iz bî den triuwen mîn,
wir solden sîn
zOesterrîche: vor dem snite sô setzet man die phlanzen.

Er dünket mich ein narre, XI
swer disen ougest hie bestât.
ez waer mîn rât,
lieze er siech geharre
und vüer hin wider über sê:
daz tuot niht wê;
nindert waere baz ein man dan heime in sîner pharre.

Ehe wir daheim herumstolzieren können,
bei meiner Treu,
müßten wir erst mal
in Österreich sein. Erst setzt man die Pflanzen, dann
schneidet man sie.

Der dünkt mich ein Tor,
wer es diesen August über hier aushält.
Mein Rat wäre der,
daß er die schlimme Warterei ließe
und übers Meer zurückzöge.
Das tut nicht weh.
Nirgendwo lebt man besser als daheim in der eigenen Pfarre.

Winterlieder

9

Mir tuot endeclîchen wê, I
daz den winder niemen des erwenden mac,
er entwinge uns abe
beide bluomen unde klê,
dar zuo mangen liehten wünneclîchen tac
(deist mîn ungehabe):
die beginnent leider alle truoben;
hin gescheiden ist ir zil.
bickelspil
wil sich aber in der stuben uoben.

Des wil Küenzel meister sîn: II
der verbiutet lachen, sprechen, winkelsehen;
deist durch in getân.
des ersmieret Jiutelîn.
uchuch! der muoz an ir hant vil wê geschehen,
des ich sorge hân:
diu wart hiuwer wunt in einen vinger,
dôs ir muomen gersten sneit.
mir ist leit:
wûther Küenzel, slaht ein wênic ringer!

Zickâ, wie si mir geviel, III
dô ich rehte erblihte, wie si was getân!
wol stuont ir daz hâr
unde ir rôsenvarwer triel.
dô bat ich die guoten zuo mir sitzen gân;
sî sprach: »ine getar:
mirst verboten, daz ich mit iu iht rûne
noch zuo ziu niht sitzen sol.
tuot sô wol,
vrâget Heilken dort bî Friderûnen!«

Heilken vrâgen ich began, IV
wer dem kinde sîne vreude het erwert:

9

Es tut mir bitter weh,
daß niemand den Winter davon abbringen kann,
uns gewaltsam zu nehmen
Blumen und Klee,
dazu die vielen herrlichen Sommertage
(das bekümmert mich sehr).
Sie werden leider immer trüber,
ihre Zeit ist um.
Die Würfel
wollen wieder in der Stube gespielt sein.

Aufpasser dabei will Künzel sein.
Der verbietet Lachen, Sprechen und Augenwinke.
Das geschieht, wie er es will.
Darüber lacht nur Jeutelein.
Auweh! Sie muß tüchtig eins auf ihre Finger kriegen,
daß mir deshalb bange ist.
Sie verletzte sich nämlich neulich an einem Finger,
als sie für ihre Muhme Gerste schnitt.
Mir tut's leid.
Drum, verehrtester Künzel, schlagt etwas weniger fest!

Hei, wie gefiel sie mir,
als ich genau hinschaute, wie sie aussah!
Schön war ihre Frisur
und ihr rosenrotes Schnäuzchen.
Da bat ich die Schöne, sich neben mich zu setzen.
Sie aber sprach: »Ich getrau mich nicht.
Man hat mir verboten, mit euch zu tuscheln
und mich zu euch zu setzen.
Seid so gut,
fragt Heilke dort bei Friderun!«

Heilke fragte ich aus,
wer dem Mädchen sein Vergnügen verwehrt habe.

daz tet sî mir kunt:
»dâ ist Elle schuldic an,
von der uns vil manic bunkel ist beschert.«
dô sprach Künegunt:
»diu müet uns ze kirchen und ze strâze,
dazs uns allen machet wart:
Iremgart,
triuwen, dâ soltû si umbe hazzen.«

V
Hie mit sul wir des gedagen:
sprechen von den kinden, diu dar sint gebeten
ûf den gofenanz!
Jiutel sol in allen sagen,
daz si dâ mit Hilden nâch der gîgen treten.
michel wirt der tanz.
Diemuot, Gîsel gênt dâ mit ein ander;
al daz selbe Elle tuot.
Wendelmuot,
wergot! ruof uns Künzen durch diu lander!

VI
Sage ir, daz der man sî hie,
dazs ein kleinez röckel unde ir mantel trage,
obs in welle sehen!
des hât sî gewünschet ie:
nû kumt ez ir rehte gein dem vîretage:
dô lâz ez geschehen!
bit si, dazs ir in ir geuchel binde!
mir ist lieber, kumt si her,
danne, ob er
sî dâ heime in swacher waete vinde.

VII
Künze dô niht langer beit,
sîne gienge, dar ir Wendelmuot gebôt:
seht, dar was ir gâch!
schiere hets sich an geleit:
beide sîten wâren ir von sîden rôt;
lützel gieng ir nâch.

Das erklärte sie mir:
»Da hat Elle Schuld dran,
von der uns schon viele Streiche gespielt worden sind.«
Da sprach Kunigund:
»Die ärgert uns überall, wo sie uns begegnet,
weil sie uns alle ins Gerede bringt.
Irmgard,
wahrhaftig, deswegen sollst du ihr böse sein.«

Damit wollen wir es genug sein lassen
und lieber von den Mädchen reden, die aufgefordert sind
zum Tanz in der Stube!
Jeutel soll ihnen allen sagen,
daß sie da mit Hilde zur Geige tanzen können.
Toll wird der Tanz.
Diemut und Gisel tun sich da zusammen,
Elle schließt sich an.
Wendelmut,
bei Gott, ruf uns die Künze gleich durch den Zaun herbei!

Sag ihr, daß ihr Schwarm hier ist
und sie ein Tanzröckchen unter ihrem Mantel tragen soll,
wenn sie ihn sehen will.
Das hat sie sich immer gewünscht.
Jetzt trifft es sich recht für sie an diesem Feiertag.
Da mag's denn geschehen!
Bitte sie, sich ihr Liebeskraut einzubinden!
Mir ist lieber, wenn sie hierher kommt,
als wenn er
sie daheim im Alltagskleid antrifft.

Da ließ sich Künze nicht länger Zeit
und ging, wohin sie Wendelmut aufgefordert hatte.
Seht, damit war es ihr eilig!
Schnell hatte sie sich umgezogen.
Beide Seiten ihres Kleides waren rot von Seide,
ihr Röckchen war sehr kurz.

swer diu lant nâch wîben gar durchvüere,
der deheiner gunde ich baz
(wizzet daz!)
mîner lieben muoter zeiner snüere.

10

Kint, bereitet iuch der sliten ûf daz îs! I
da ist der leide winder kalt:
der hât uns der wünneclîchen bluomen vil benomen.
manger grüenen linden stênt ir tolden grîs;
unbesungen ist der walt:
daz ist allez von des rîfen ungenâden komen.
mugt ir schouwen, wie er hât die heide erzogen?
diust von sînen schulden val.
dar zuo sint die nahtigal
alle ir wec gevlogen.

Wol bedörfte ich mîner wîsen vriunde rât II
umbe ein dinc, als ich iu sage,
daz si rieten, wâ diu kint ir vreuden solten phlegen.
Megenwart der wîten stuben eine hât:
obz iu allen wol behage,
dar sul wir den gofenanz des vîretages legen.
ez ist sîner tohter wille, kom wir dar.
ir sultz alle ein ander sagen.
einen tanz alum die schragen
brüevet Engelmâr.

Wer nâch Künegunde gê, des wert enein! III
der was ie nâch tanze wê;
ez wirt uns verwizzen, ist daz man ir niht enseit.
Gîsel, ginc nâch Jiuten hin und sage in zwein,
sprich, daz Elle mit in gê!
ez ist zwischen mir und in ein starkiu sicherheit.

Selbst wenn man die ganze Erde nach Frauen durchsuchte,
fände man keine, die ich meiner lieben Mutter
(das laßt euch gesagt sein!)
eher als Schwiegertochter gönnte.

10

Mädchen, holt eure Schlitten hervor fürs Eis!
Der böse kalte Winter ist da.
Der hat uns die vielen herrlichen Blumen genommen.
Mancher grünen Linde Wipfel ist mit Eis und Schnee
Kein Gesang erfüllt den Wald. [bedeckt.
Das ist alles vom Grimm des Reifs gekommen.
Schaut nur, wie er die Heide zugerichtet hat!
Durch sein Verschulden ist sie fahl.
Auch sind die Nachtigallen
alle davongeflogen.

Dringend brauchte ich den Rat meiner klugen Freunde
in einer Sache, die ich euch wissen lassen möchte,
daß sie nämlich rieten, wo die Mädchen sich vergnügen
Megenwart hat eine große Stube. [könnten.
Wenn's euch allen wohl gefällt,
wollen wir den Sonntagstanz dorthin verlegen.
Seine Tochter wünscht es, daß wir uns da treffen.
Einer soll's dem andern sagen.
Einen Tanz rund um den Tisch
bereitet Engelmar vor.

Wer Kunigund holen soll, darüber einigt euch!
Die hat sich stets nach Tanzen gesehnt.
Sie wird es uns vorwerfen, wenn man ihr nichts sagt.
Gisel, geh zu Jeute und richte es beiden aus,
sag, daß Elle mit ihnen kommen soll.
Wir haben uns fest miteinander verabredet.

kint, vergiz durch niemen Hädewîgen dâ,
bit si balde mit in gân!
einen site si sulen lân:
binden ûf die brâ.

Got gebiete den jungen wîben über al, IV
die der mâze wellen sîn,
daz si hôchgemuoten mannen holdez herze tragen,
ruckenz vorne hôher, hinden hin ze tal,
decken baz daz näckelîn!
war zuo sol ein tehtier âne ein collier umbe den kragen?
wîp sint sicher um daz houbet her gewesen,
daz et in daz niemen brach.
swaz in anderswâ geschach,
des sints ouch genesen.

Eppe zuhte Geppen Gumpen ab der hant; V
des half im sîn drischelstap:
doch geschiet ez mit der riutel meister Adelber.
daz was allez umbe ein ei, daz Ruopreht vant
(jâ, waen, imz der tievel gap).
dâ mit drôte er im ze werfen allez jenenther.
Eppe der was beidiu zornic unde kal;
übellîchen sprach er: »tratz!«
Ruopreht warf imz an den glatz,
daz ez ran ze tal.

[Frideliep bî Götelinde wolde gân: VI
des het Engelmâr gedâht.
wils iuch niht verdriezen, ich sag iu daz ende gar:
Eberhart der meier muoste ez understân;
der wart zuo der suone brâht:
anders waere ir beider hende ein ander in daz hâr.
zwein vil oeden ganzen giengen sî gelîch
gein ein ander al den tac.
der des voresingens phlac,
daz was Friderîch.]

Mädchen, vergiß keinesfalls Hedwig darüber,
bitte sie, sich schnell ihnen anzuschließen!
Eins sollen sie sich aber abgewöhnen:
ihr Tuch bis auf die Brauen herunterzuziehen.

Gott möge allen jungen Frauen gebieten,
sofern sie willens sind,
frohgestimmten Männern Gewogenheit im Herz zu tragen,
daß sie ihr Kopftuch vorn höher-, hinten herunterrücken
und besser ihre hübschen Nacken bedecken!
Was soll ein Sturmhelm ohne Koller um den Hals?
Bisher brauchten die Frauen um ihren Kopf nicht zu
daß ihnen den jemand abriß. [bangen,
Was ihnen anderswo geschah,
das haben sie auch überlebt.

Eppe riß Geppe dem Gumpe aus der Hand,
dabei half ihm sein Dreschflegel. [auseinander.
Doch brachte sie mit dem Knüppel Bauer Adelber
Das kam alles von einem Ei, das Ruprecht fand
(ja, ich glaube, ihm gab's der Teufel).
Damit drohte er ständig ihn von drüben her zu bewerfen.
Eppe war ebenso zornig wie kahlköpfig.
Böse rief er: »Tu's doch!«
Ruprecht schmiß ihm's an die Glatze,
daß das Dotter niederfloß.

[Friedlieb wollte mit Gotelind tanzen.
Das hatte auch Engelmar vorgehabt. [ausging.
Wenn's euch nicht verdrießt, sag ich euch gleich, wie's
Der Meier Eberhard mußte dazwischentreten;
der wurde zur Aussöhnung herbeigebracht.
Sonst hätten die beiden sich in den Haaren gelegen.
Wie zwei erzdumme Gänseriche gingen sie
den ganzen Tag aufeinander los.
Der beim Tanz vorgesungen hat,
das war Friedrich.]

Hie envor dô stuont sô schône mir mîn hâr, VII
umbe und umbe gie der spân.
des vergaz ich, sît man mich ein hûs besorgen hiez:
salz und koren muoz ich koufen durch daz jâr.
wê, waz het ich im getân,
der mich tumben ie von êrste in disen kumber stiez?
mîne schulde wâren kleine wider in.
mîne vlüeche sint niht smal,
swanne ich dâ ze Riuwental
unberâten bin.

11

»Sinc an, guldîn huon! ich gibe dir weize«, I
(schiere dô
wart ich vrô)
sprach si, nâch der hulden ich dâ singe:
alsô vreut den tumben guot geheize
durch daz jâr.
würde ez wâr,
sô gestuont nie mannes muot sô ringe,
alsô mir der mîne danne waere.
mac si durch ir geilicheit
mîniu leit
wenden? ja ist mîn kumber klagebaere.

Los ûz! ich hoer in der stuben tanzen. II
junge man,
tuot iuch dan!
da ist der dorefwîbe ein michel trünne.
dâ gesach man schône ridewanzen.
zwêne gigen;
dô si swigen
(daz was geiler getelinge wünne),
seht, dô wart von zeche vor gesungen!

Früher hatte ich eine gepflegte Frisur,
rundherum gingen die Locken.
Damit war's aus, seit man mich einen Haushalt versorgen ließ.
Salz und Korn muß ich das ganze Jahr über kaufen.
Ach, was hatte ich ihm nur getan,
der mich Unerfahrenen zuerst in diese Not stieß?
Meine Schuld ihm gegenüber war gering.
Doch meine Flüche sind gewaltig,
wenn ich da in Reuental
dem Mangel preisgegeben bin.

11

»Sing los, goldenes Huhn, ich geb dir Weizen!«
Sogleich
wurde ich froh,
als sie das sprach, um deren Huld ich singe.
So freut sich der Tor über ein süßes Versprechen
das ganze Jahr hindurch.
Würde es Wahrheit,
hätte niemandes Herz je so froh geschlagen
wie dann das meine.
Kann sie mit ihrem Frohsinn
meine Leiden
denn wenden? Wahrlich, mein Kummer ist beklagenswert.

Horch hin! Ich höre Tanz in der Stube.
Ihr Burschen,
vorwärts mit euch!
Da ist ein ganzer Schwarm Dorfmädchen.
Einen Ridewanz sah man da zünftig tanzen.
Zwei Geiger spielten auf.
Wenn sie pausierten [Vergnügen),
(das machte den übermütigen Bauernburschen das größte
seht, dann wurde der Reihe nach zum Tanz vorgesungen.

durch diu venster gie der galm.
Adelhalm
tanzet niwan zwischen zwein vil jungen.

Rûmet ûz die schämel und die stüele! III
heiz die schragen
vuder tragen!
hiute sul wir tanzens werden müeder.
werfet ûf die stuben, sô ist ez küele,
daz der wint
an diu kint
sanfte waeje durch diu übermüeder!
sô die voretanzer danne swîgen,
sô sult ir alle sîn gebeten,
daz wir treten
aber ein hovetänzel nâch der gîgen:

Gôzbreht, Willebolt, Gumpreht und Eppe, IV
Willebreht,
meiers kneht,
Werenbolt und ouch der junge Tuoze,
Megenbolt, des meiers sun, und Reppe,
Irenwart,
Sigehart,
Gîselher und Fridegêr und Uoze:
der ist ein vil tumber Holingaere;
er gêt vrîen durch daz jâr
(des nemt war!)
unde ist doch den meiden gar unmaere.

Sâht ir ie gebûren sô gemeiten, V
als er ist?
wizze Krist!
er ist al ze vorderst anme reien.
niuwen vezzel zweier hende breiten
hât sîn swert.

Durch die Fenster dröhnte der Lärm.
Adelhalm
tanzte nur mit zwei blutjungen Mädchen auf einmal.

Räumt die Schemel und Stühle aus!
Laß die Tische
forttragen!
Heute wollen wir bis zum Umfallen tanzen.
Reißt die Türen auf, dann ist es luftig,
so daß der Wind
den Mädchen
kühlend durch ihre Mieder wehen kann.
Wenn die Vortänzer dann mit ihrem Lied zu Ende sind,
seid ihr alle aufgefordert,
mit uns zu treten
wieder ein höfisches Tänzchen nach der Geige.

Ihr alle: Gozbrecht, Willebold, Gumprecht und Eppe,
Willebrecht,
des Meiers Knecht,
Werenbold und auch der junge Tuoze,
Megenbold, des Meiers Sohn, und Reppe,
Irenwart,
Sieghart,
Giselher, Friedger und Uoze.
Das ist ein erzdummer Bauer.
Das ganze Jahr ist er hinter den Dirnen her
(seid dessen versichert!)
und ist ihnen doch völlig egal.

Habt ihr je einen Bauern so keck gesehen,
wie er es ist?
Weiß Gott!
Er ist beim Reigen stets der erste.
Einen neuen Gurt, zwei Hände breit,
hat sein Schwert.

harte wert
dünket er sich sîner niuwen treien:
diust von kleinen vier und zweinzec tuochen,
di ermel gênt im ûf die hant:
sîn gewant
sol man an eim oeden kragen suochen.

Dörperlîch stât allez sîn gerüste, VI
daz er treit.
mirst geseit,
er sinn Engelboltes tohter Âven:
den gewerp erteile ich im ze vlüste.
si ist ein wîp,
daz ir lîp
zaeme wol ze minne einem grâven;
dâ von lâze er sich des wîsen tougen!
zecke er anderthalben hin!
den gewin
trüege er hin ze Meinze in sînem ougen.

Imst sîn treie nie sô wol zerhouwen VII
noch sîn kel
nie sô hel,
er enmüge sî sîn wol erlâzen.
disen sumer hât er sî gekouwen
gar vür brôt.
schamerôt
wart ich, dô si bî ein ander sâzen.
wirt si mir, der ich dâ gerne diene,
guotes gibe ich ir die wal,
Riuwental
gar vür eigen: deist mîn Hôhiu Siene.

Überaus vornehm
dünkt er sich wegen seines neuen Wamses.
Das ist aus vierundzwanzigerlei Flicken
zusammengemustert.
Die Ärmel reichen ihm bis auf die Hand.
Solch Gewand
findet man gewöhnlich an Tölpels Halse.

Den Bauernnarren verrät sein ganzer Putz,
den er trägt.
Ich hörte,
er freie um Engelbolds Tochter Ava.
Diese Rechnung hat er ohne den Wirt gemacht.
Sie ist ein Weib,
deren Leib
selbst einem Grafen zur Minne ziemte.
Deshalb lasse er sich darin heimlich belehren!
Verfüg er sich doch woanders hin!
Den Erfolg seines Werbens
könnte er bis nach Mainz im Auge tragen.

So schön ist sein Wams nicht geschnitten
und seine Kehle
nicht so hell,
daß er sie unbedingt mit seiner Person belästigen müßte.
Diesen Sommer hat er sie geradezu gekaut
ganz wie Brot.
Schamrot
wurde ich, wenn sie beisammen saßen.
Wird sie mein, der ich mit Freuden diene,
steht ihr mein Gut zur Wahl,
ja Reuental
wird ihr Besitz: das ist mein Hoch-Siena.

12

Nu ist der kleinen vogelîne singen I
und der liehten bluomen schîn vil gar zergân.
wolde ein wîp mir liebez ende bringen,
mir waer, als ichs immer bêde solde hân,
diu mich ir genâden ie verzêch von kindes beine;
doch bit ich die guoten, dazs ir triuwe an mir erscheine,
mînes herzen küneginne ich meine.

Niemen sol an vrouwen sich vergâhen. II
des wart ich wol inne: mirst diu mîne gram.
der getrat ich leider alsô nâhen,
daz ich ûz ir hende ein glesîn grüffel nam
(daz wart ir gekoufet: in der krâme stuont ez veile):
daz wart mir verwizzen sît nâch grôzem mîme unheile,
dô si reit mit kinden ûf dem seile.

Wan daz guote liute mir gewâgen, III
jâ waer ich gehoenet umbe ir rôtez glas.
sî begunde mich in zorne vrâgen:
»sagt mir, liupper herre, dûhte ich iuch sô blas,
daz ir mir mîn grüffel nâmet unverdienter dinge?
jâne wil ich nimmer iuwern treieros gesingen
noch nâch iu den reien niht enspringen.«

»Vrouwe, zallen dingen hoeret mâze: IV
zürnet sô, daz iu der zorn iht missezem!
mîne stîge gênt an iuwer strâze:
schaffet, daz man mir ein phant dar umbe iht nem!«
»wâ gesâhet ir ie wîp die man alsô gephenden?
jâ getrûwe ichz sust nâch mînem willen wol volenden.«
nâch dem grüffelîne muose ich senden.

12

Nun ist das Singen der zarten Vöglein verklungen
und der bunte Blumenschimmer völlig dahin.
Wollte eine Frau meine Wünsche endlich erfüllen,
wär mir, wie wenn ich beides immerzu hätte.
Sie hat mir seit frühester Jugend stets ihre Huld versagt.
Doch bitte ich die Geliebte, ihr Wohlwollen mir zu zeigen.
Meines Herzens Königin hab ich im Sinn.

Niemand soll es bei Frauen zu eilig haben.
Das hab ich genau erfahren: die ich anbete, ist mir gram.
Der war ich leider insofern nahegetreten,
als ich ihrer Hand einen gläsernen Griffel entriß
(den hatte man ihr gekauft: beim Krämer lag er feil).
Das wurde mir später zu meinem großen Unglück zum Vorwurf gemacht,
als sie mit Freundinnen auf dem Seil schaukelte.

Hätten mir nicht gute Leute geholfen,
wär ich doch ihres roten Glases wegen geschmäht und gekränkt worden.
Sie begann mich empört zu fragen:
»Sagt mir, lieber Herr, erschien ich euch so gering,
daß ihr mir meinen Griffel unverdientermaßen wegnahmt?
Ich denke nicht dran, euer Tanzlied noch einmal zu singen
und weiter nach eurer Pfeife den Reigen zu tanzen.«

»Herrin, zu allen Dingen gehört das rechte Maß.
Zürnt so, daß euch der Zorn nicht entstellt!
Unsere Wege führen doch zusammen.
Sorgt deshalb dafür, daß man mir mein Pfand darüber nicht abnimmt!«
»Wo habt ihr je Frauen die Männer so pfänden gesehen?
Ja, ich traue mir zu, auch anders ans Ziel meiner Wünsche zu kommen.«
Den kleinen Griffel mußte ich holen lassen.

Ich gesach nie jungez wîp sô lôse, V
diu ir lîp den mannen kunde baz versagen
unde ir werkes immer iht verbôse.
hei, sold ich daz heu mit ir hin hinder tragen,
als wir hie bevor in unser gämelîche tâten!
vaste wir ez mit den vüezen zuo dem zûne trâten
mangen âbent vruo und sunder spâten.

Si ist an allen dingen wol ze prîsen VI
noch ist in dem kreize niemen alsô wert.
ir gebende ist niwan glanze rîsen:
wol genaetiu hüetel truoc si dannoch vert.
wirt si mir, ich hân mîn leit mit vröuden überwunden.
ich waen, alle, die der sint, ein bezzer kint niht vunden,
wan daz ir diu vüezel sint zeschrunden.

Ich bin von der guoten ungescheiden VII
mînes lîbes und der ganzen triuwen mîn.
wol gelinge uns mit ein ander beiden!
sî sol mîn gewaltic zeinem vriedel sîn.
maneger sagt den wîben von dem guote grôzen griule:
kumt si mir ze Riuwental, si vindet dürre miule;
dâ ist rede ein wint, ein slac ein biule.

13

Dô der liebe summer I
ureloup genam,
dô muose man der tänze
ûfm anger gar verphlegen.
des gewan sît kummer
der herre Gunderam:

Ich habe nie ein so keckes Mädchen gesehen,
das sich den Männern besser versagen konnte
und doch stets sich auf gute Arbeit verstand.
Hei, könnte ich wieder das Heu mit ihr nach hinten tragen,
wie wir es früher in unserem Übermut taten!
Kräftig stampften wir es mit den Füßen am Zaun zusammen
in mancher frühen Abendstunde, ohne zu säumen.

Man muß sie in jeder Hinsicht hoch rühmen,
und es gibt keine ihresgleichen im ganzen Umkreis.
Ihr Kopfschmuck besteht nur aus glänzendem Schleier.
Schön bestickte Hütchen trug sie dazu noch voriges Jahr.
Wird sie mein, hab ich mein Leid glücklich überstanden.
Ich glaube, niemand auf der Welt hat ein vollkommeneres
Mädchen gefunden,
nur sind ihr die Füßchen aufgesprungen.

Ich bin der Geliebten verbunden
mit meiner Person und meiner ganzen Treue.
Mögen wir beide Glück miteinander haben!
Sie soll über mich als ihren Geliebten verfügen!
Mancher prahlt vor den Frauen ganz schauerlich mit seinem
Besitz.
Kommt sie nach Reuental, findet sie nur dürre Maultiere.
Da wird nicht erst geredet, sondern gleich zugeschlagen.

13

Als der freundliche Sommer
sich verabschiedet hatte,
mußte man mit den Tänzen
auf der Wiese ganz aufhören.
Das bekümmerte seitdem
den Herrn Gunderam.

der muose ouch sîn gestränze
dô lâzen under wegen.
der ist bickelmeister disen winder:
oeder gouch ist in dem lande ninder,
sîn rûmegazze kaphet zallen zîten wol hin hinder.

Waz er an den meiden II
wunders dâ begât,
ê daz mîn vrouwe Schelle
volende ir gebot!
erst vil unbescheiden:
wan swelhe er bestât,
diu wirt von slegen helle
und mîdende den spot;
dâ von lâzen alle ir smutzemunden,
des die jungen niht verheln enkunden!
des hât ir hant von solher meisterschefte dicke enphunden.

Immer, sô man vîret, III
sô hebent sî sich dar
mit einer samenunge,
den ich wol schaden gan.
Werenbreht der lîret,
sô sumbert Sigemâr.
daz in dâ misselunge,
daz laege et eben an!
daz sich doch vil lîhte mac verrîden:
wellents ir getelse niht vermîden,
sich mugen zwêne an mîner weibelruoten wol versnîden.

Koeme ich zeinem tanze, IV
dâs alle giengen bî,
dâ wurde ein spil von hende
mit beiden ekken zuo.
lîhte geviele ein schanze,
daz vor mir laegen drî.

Der mußte nun auch seine Großtuerei
sein lassen.
Diesen Winter überwacht er das Würfelspiel.
Einen widerwärtigeren Toren gibt es nirgends im Land.
Sein Gassenräumer gafft stets weit nach hinten.

Was er sich bei den Mädchen
da für unerhörte Dinge herausnimmt,
bevor Frau Glocke
ihren Einsatz beendet!
Er ist höchst unverschämt,
denn jede, der er sich nähert,
schreit laut auf vor Schlägen
und meidet fortan jeden Scherz.
Deswegen sollen alle ihr Herumalbern lassen,
das die Jungen noch nicht verbergen konnten!
Dafür hat ihre Hand unter solcher Aufsicht oft leiden
müssen.

An jedem Feiertag
machen sie sich auf
mit einer ganzen Gesellschaft,
denen ich wahrhaftig Schaden gönne.
Werenbrecht leiert,
während Siegmar trommelt.
Möchte ihnen der Erfolg dabei versagt bleiben!
Das wäre nur angemessen.
Es kann sich doch sehr leicht auch zum Schlimmern wenden:
wollen sie mit ihrem Klamauk nicht aufhören,
können sich zwei tüchtig an meinem Schwert schneiden.

Käme ich zu einem Tanz,
wo sie alle mitmachten,
finge ein Spiel an
mit beiden Schwertschneiden.
Vielleicht fiele ein Glückswurf,
daß drei vor mir lägen.

ich hielte ez âne wende,
verbüte ez einer vruo.
sige und saelde hulfen mir gewinnen,
daz si halbe müesen dan entrinnen.
nu ziehen ûf und lâzen in ir gogelheit zerinnen!

Sîne weidegenge V
die verewent mich grâ,
swenn er verwendeclîchen
vür mîne vrouwen gât.
trîbet erz die lenge,
bestât er danne dâ,
man hilft im ûz der kîchen,
daz er vil riuwic stât.
er und etelîcher sîn geselle,
den ich tanzent an ir hant ersnelle,
des sî gewis, ich slahe in, daz sîn offen stât ein elle!

Im hilft niht sîn treie VI
noch sîn hiubelhuot;
ez wirt im in getrenket:
er zuhte ir einen bal.
erst ein toerscher leie;
sîn tumbelîcher muot
der wirt im dâ bekrenket.
wil er vür Riuwental
hin und her sô vil gewentschelieren,
er wirt wol zezeiset under vieren.
her Werenbreht, waz mag ich des, wirt im der umberieren?

Ich hielte den Einsatz unabänderlich,
auch wenn mir einer sogleich hart zusetzte.
Siegesglück würde mir dazu verhelfen,
daß sie zur Hälfte davonlaufen müßten.
Nun mögen sie ihren Einsatz einziehen und sich ihre Possen
vergehen lassen!

Seine Jagdzüge
machen mir graue Haare,
wenn er den Kopf eitel umherwendend
vor meine Herrin hintritt.
Treibt er das auf die Dauer
und bleibt er dabei,
verhilft man ihm schon aus dem Asthma,
daß er sehr traurig dasteht.
Wenn ich ihn oder einen seiner Gesellen
beim Tanz mit ihr erwische,
kann er gewiß sein, daß ich ihm ein ellengroßes Loch
schlage.

Ihm hilft weder sein Wams
noch sein Haubenhelm.
Es wird Rache an ihm genommen,
hat er ihr doch einen Ball entrissen.
Er ist ein närrischer Kerl.
Sein torenhafter Verstand
wird ihm dann noch kleiner gemacht.
Wenn er vor Reuental
so viel umherstreichen will,
wird er unter manch andern gewiß zerzaust.
Herr Werenbrecht, was kann ich dafür, wenn auch für ihn
was abfällt?

14

Nu ist der liebe sumer hin gescheiden; I
die bluomen und der vogele sanc
müeze wir dem leiden winder lâzen:
den ungemach
mehte ein ieglîch herze wol von wâren schulden klagen.
hôchgemüete het ich von in beiden.
diu wîle dûhte mich sô lanc,
daz si niht ensprungen ûf den strâzen.
mîn ouge an sach,
daz si giengen al den tac als ein gesmirter wagen,
eben unde lîse, niht bedrungen,
daz in diu swert
ûf den versen klungen.
sich dûhten sumelîche dâ vil manger bône wert.

Die daz wâren, die wil ich iu wîsen: II
deist Engeldîch und Adelvrit,
Willebreht und Enzeman der junge
und Berewîn,
Sigelôch und Ekkerîch und jener Engelram.
wol gevürbet sint ir kepelîsen,
ir helze klingent nach dem trit,
lûte bî dem reien nâch dem sprunge.
si wellent sîn
tumber, danne der uns Vriderûn ir spiegel nam.
des gewaltes was uns hie zerunnen;
nu sint ez jene,
die mir vröude enbunnen
und mir die guoten verrent, nâch der ich mîn herze sene.

Der ich her gedienet hân von kinde III
und noch ouch in dem willen bin,
daz ich wil belîben an ir staete
vil mangen tac,
sô wol mich, daz ich si ie sô minneclîchen vant!

14

Nun ist der freudenspendende Sommer dahingegangen.
Die Blumen und den Gesang der Vögel
müssen wir dem verhaßten Winter ausliefern.
Dies Unglück
darf jedes Herz wohl mit vollem Recht beklagen.
Frohsinn hatte ich von beiden empfangen.
Die Zeit erschien mir so lang,
daß sie nicht mehr auf den Straßen sprangen.
Ich habe zugesehen,
wie sie den ganzen Tag einem geschmierten Wagen gleich gingen,
glatt und lautlos, ohne Gedränge,
so daß nur ihre Schwerter
an den Fersen klirrten.
Manche kamen sich da ungemein wichtig vor.

Die das waren, die will ich euch nennen:
nämlich Engeldich und Adelfried,
Willebrecht und der junge Enzemann
und Berewin,
Siegloch und Eckerich und jener Engelram.
Blank gewienert sind ihre Kepeleisen.
Ihre Griffe klingen bei jedem Schritt,
laut im Reigen bei jedem Sprung.
Sie wollen noch närrischer sein
als der, der Friderun den Spiegel abnahm.
Mit dessen Herrschaft war's hier für uns aus.
Nun sind es jene,
die mir Freude mißgönnen
und die Geliebte mir fernhalten, nach der sich mein Herz sehnt.

Ich habe ihr von früher Jugend auf gedient
und bin auch jetzt noch gern bereit,
ihr weiterhin treu zu bleiben
viele Tage.
Ich Glücklicher, daß ich sie je so liebreich fand!

sî ist mînes herzen ingesinde.
diu wîle gêt mir schône hin,
swenne ich sî in wolgetâner waete
gesehen mac:
sô dünk ich mich rîcher, danne ich hiete ein eigen lant.
ich gesach nie wîp sô wolgetâne,
des muoz ich jehen.
sunne und ouch der mâne
gelîchent sich der schoenen niht, od ich enkan niht spehen.

Der mir mîner vrouwen hulde erwende, IV
der wizze daz, wirt mir sîn stat,
daz ich im ein punkelîn erzeige,
als hiwer ich tet
einem gouche, der mîn ouch niht wol hin zir gewuoc!
Frideliep, sô wê dir in die zende!
dû bist der gogelheit sô sat,
daz dû wil, swar sich dîn houbet neige
durch minne bet,
daz dir iemen iht versage. owê, daz im vertruoc
Elsemuot sîn üppeclîch geriune,
des er dâ phlac.
ir sint leider niune,
die mir daz geu verbietent mangen liehten vîretac.

Die gehellent alle Berewîne, V
wan Enzeman und Willebreht:
die enziehent mit in niht gelîche.
nu sprichet er,
sî daz ers ersnellen mege, sî sîn bêde tôt:
er slahs, daz diu sunne durch si schîne.
si rouften sînes vater kneht
hiuwer vor dem meier Friderîche
umb nie niht mêr,
wan daz er ein krenzel truoc, daz was von bluomen rôt:

Sie wohnt in meinem Herzen.
Die Zeit geht mir angenehm dahin,
wenn ich sie hübsch gekleidet
ansehen kann.
Dann komm ich mir reicher vor, als wenn ich ein eigenes Land besäße.
Ich habe nie eine so schöne Frau erblickt,
das muß ich gestehen.
Weder Sonne noch Mond
kommen der Schönen gleich, oder ich verstehe nicht recht hinzusehen.

Wer mir die Gunst meiner Herrin abspenstig machen will,
soll wissen, daß ich, sobald ich Gelegenheit dazu habe,
ihm einen Faustschlag sehen lasse
wie jüngst
einem Lümmel, der mich auch bei ihr angeschwärzt hatte.
Friedlieb, dann wehe deinen Zähnen!
Du bist so übervoll von Eitelkeit,
daß du meinst, wo sich dein Kopf auch hinneigt
mit Liebesanträgen,
da dürfe dir niemand was abschlagen. Ach, daß ihm
Elsemut sein unverschämtes Geflüster erlaubte,
was er sich da herausnahm.
Ihrer neune sind es leider,
die mir die Gegend an manchem schönen Feiertag in Beschlag nehmen.

Die sind alle ein Herz und eine Seele mit Berewin,
außer Enzemann und Willebrecht:
die ziehen mit ihnen nicht am gleichen Strang.
Darum erklärt er jetzt,
wenn er sie erwische, seien sie beide des Todes.
Er wolle sie schlagen, daß die Sonne durch sie scheinen könne.
Sie hatten sich nämlich mit seines Vaters Knecht
neulich vor dem Meier Friedrich
um weiter nichts gebalgt,
als daß er ein Kränzchen trug, das aus roten Blumen war.

daz verseite er dâ zehant in beiden.
nu wizzet daz,
wirt ez niht gescheiden,
ez wehset lîhte zwischen in ein ungevüeger haz!

Daz die dörper alle ein ander slüegen! VI
(daz lieze ich alsô hine gân;
wan si tuont mir vil ze widerdrieze:
ir üppikeit
diust sô grôz, daz ir die wîsen spottent über al):
daz sich doch vil lîhte mac gevüegen.
nu wer ot er sich, Enzeman!
triffet ern mit sînem scharfen spieze,
den er dâ treit,
er gedranget mich niht mêre dâ ze Riuwental.
ich bin vreuden gar von in versûmet:
daz ist niht guot.
wurde mir gerûmet
von in, daz müese wir verklagen, ich und Elsemuot.

15

Bluomen und daz grüene gras I
beidiu sint verswunden.
nu treit uns aber diu linde vür die sunne nindert schat;
ê, dô sî geloubet was,
dô hiet man dâ vunden
vil maneger hande vreuden: dâne gêt nu nindert phat,
dâ wir dô
ie sô vrô
bî ein ander wâren.
diu vreude het ein ende, dô diu zît begunde swâren;
des trûret manic herze, des gemüete stuont ê hô.

Das hatte er den beiden da, ohne zu zögern, verweigert.
Nun laßt euch das gesagt sein:
wird der Streit nicht geschlichtet,
erwächst zwischen ihnen leicht riesengroße Feindschaft.

Möchten sich doch die Dörper alle gegenseitig umbringen!
(Das ließe ich gern hingehen,
denn sie machen mir viel Verdruß.
Ihre Aufgeblasenheit
ist so groß, daß sich alle Verständigen über sie lustig machen.)
Das kann sich freilich sehr leicht fügen.
So wehr er sich doch, Enzemann!
Trifft er ihn mit seinem scharfen Spieß,
den er da trägt,
dann belästigt er mich nicht mehr in Reuental.
Sie haben mich um alle Freuden gebracht.
Das ist alles andere denn schön.
Würde ich befreit
von ihnen, könnten wir das verschmerzen, ich und Elsemut.

15

Die Blumen und auch das grüne Gras
sind verschwunden.
Nun spendet die Linde uns keinen Schatten mehr gegen die [Sonne.
Früher, als sie belaubt war,
hätte man unter ihr finden können
vielfältige Freuden. Dahin geht nun kein Pfad mehr,
wo wir einst
stets so froh
beieinander waren.
Das Glück hatte ein Ende, als die Jahreszeit trist wurde.
Darüber trauern viele Herzen, die zuvor frohgestimmt waren.

Rôsen ist diu heide blôz II
von des rîfen twange.
diu vogelîn in dem walde habent nindert obedach.
winder, dîn unstaetic lôz
twinget uns ze lange:
von dir und einem wîbe lîde ich leider ungemach,
der ich gar
mîniu jâr
hân gedienet lange
von herzen williclîchen, eteswenne mit gesange.
des ist mir niht gelônet noch, wie kleine ist umbe ein hâr.

Man sol willetôre sîn III
aller guoten wîbe,
und in ir willen hengen, der ir hulde welle haben:
daz ist der geloube mîn,
swie sô mir mîn schîbe
ze wunsche niht enloufe. ich waene, ich werde alsô begraben,
dazs ir muot
mir ze guot
gein mir iht verkêre.
diu schult diu lît ûf Watken unde ûf jenem Ôtegêre,
daz sî nu alsô dicke mir sô toubez ôre tuot.

Geuden giengen sî gelîch IV
hiwer an einem tanze:
dâ muosten drîe vor im gîgen, und der vierde pheif.
sîner vreuden was er rîch
under sînem kranze.
er nam im, dâ diu schoene gie, vil manegen umbesweif:
Erkenvrit
allez mit
vaste an sînem diehe;
er wunschte, daz er mir an ir daz helmel vor geziehe.
er hât den vuoz verlenket hiwer an einem geilen trit.

Von Rosen entblößt ist die Heide
wegen des grimmigen Reifs.
Die Vöglein im Wald haben kein Obdach mehr.
Winter, was du treulos geboten hast,
plagt uns zu lange.
Ungemach erdulde ich leider wegen dir und einer Frau,
der ich
mein ganzes Leben
lang gedient habe
aus bereitwilligem Herzen, dann und wann auch mit Liedern.
Dafür erhielt ich noch nicht den geringsten Lohn.

Man muß sich freiwillig als Tor
allen verehrenswerten Frauen hergeben
und ihnen ganz zu Willen sein, will man ihre Gunst erringen.
Daran glaube und halte ich mich,
wiewohl sich für mich das Glücksrad
nicht nach Wunsche dreht. Ich fürchte, ich werde noch begraben,
ohne daß sie ihre Gesinnung
mir gegenüber
zu meinem Vorteil ändert.
Die Schuld liegt bei Watke und jenem Oteger,
daß sie jetzt so oft nur taube Ohren für mich hat.

Wie zum Angeben schritten sie
neulich bei einem Tanze einher.
Da mußten drei vor ihm geigen, während ein vierter die Flöte pfiff.
Mächtig viel Vergnügen hatte er
unter seinem Kranz.
Wo die Schöne ging, strich er unablässig herum.
Erkenfried
ständig dabei
dicht auf seinen Fersen.
Er wünschte, er könne mich den kürzeren bei ihr ziehen lassen.
Den Fuß hat er sich heuer bei einem ausgelassenen Gehopse verrenkt.

Dienest âne saelikeit V
niemen kan volenden.
ich hân ez rehte ervunden: kleiner lôn ist mir beschert.
mîn verloren arebeit
wil mich dicke phenden
an vreuden: ungelücke maneger saelden mich behert.
ich verzage,
daz mîn klage
niht ir herze entsliuzet
und daz er gegen ir in rûnewarten bölzel schiuzet,
sich güffent, daz er mich ze jungist von ir dienste jage.

Swer versmaehet mînen sanc VI
und sîn spottelachet,
wol singen unde rûnen habent ungelîchen lôn.
ê, do'r in diu ôren klanc,
was er ungeswachet.
nu klinget er ûf zwîvel, niene ûf rehten lobes dôn.
minne riet,
daz ich liet
nâch ir hulden sunge.
daz tet ich unde want des niht, daz mir dâ misselunge.
nu laet mir niht gelingen ein vil hiuziu dörperdiet.

16

Owê, sumerzît, I
daz dir niemen hilfe gît!
waz dir hazzes unde nît
aber ûf dînem rucke lît,
ê der winder sînen strît
an dir gar volende, als im sîn wille gegen dir stât!

Minnedienst ohne Beglückung
kann niemand auf die Dauer leisten.
Ich habe das wirklich erfahren: geringer Lohn ist mir zuteil geworden.
Mein vergebliches Bemühen
will mir oft rauben
die Freude. Der Mißerfolg bringt mich um viele Seligkeiten.
Ich fürchte,
daß meine Klage
ihr Herz nicht mehr öffnet
und daß er sie beim heimlichen Tuscheln mit Liebespfeilen beschießt
und sich dabei brüstet, er werde zuletzt mich aus ihrem Dienst verjagen.

Wenn jemand meinen Gesang verschmäht
und über ihn spöttisch lacht, dem sage ich:
kunstvolles Singen und heimliches Liebesgeflüster erhalten ungleichen Lohn.
Früher, als er noch Gehör fand,
war er nicht verächtlich.
Jetzt erklingt er unsicher, nicht mehr im Ton des rechten Preisliedes.
Die Minne riet mir,
Lieder
um ihre Huld zu singen.
Das hab ich getan, ohne aber zu erwarten, daß mir der Erfolg versagt bliebe.
Mein Glück verwehrt mir nun ein freches Bauerngesindel.

16

Ach, Sommerzeit,
daß dir niemand Hilfe leistet!
Wieviel Feindseligkeit und Mißgunst
lastet wieder auf deinem Rücken,
ehe der Winter seinen Kampf
mit dir so ausgetragen hat, wie er es vorhat.

er ist dir gehaz,
ich enweiz niht, umbe waz.
sît er dînen stuol besaz,
selten er des ie vergaz,
erne twunge ie vürebaz.
sîn gewalt wol tûsent ellen vür den dînen gât.
er hât in diu lant
dir ze schaden her gesant
allez sîn gesinde, daz dich roubet offenlîche mit gewalticlîcher hant.

Sîne winde kalt II
habent dînen grüenen walt
harte jâmerlîch gestalt,
des diu heide sêre enkalt
an ir bluomen manicvalt:
si ist verderbet, daz si sich ze hove wil beklagen.
bluomen unde loup
was des rîfen êrster roup,
den er in die secke schoup:
er enspielt in noch enkloup.
des ist manic herze toup,
daz an sînen vröuden wol von schulden muoz verzagen.
îs und anehanc
hât der vogelîne sanc
gar gestillet in den welden, dâ si müezen swîgen allen disen winder lanc.

Bluomen unde klê, III
manger hande wünne mê,
die verderbet uns der snê.
disiu sorge tuot mir wê,
daz uns iht vor im bestê.
sumer, dîne holden von den huoben sint gevarn.
leit ist mir geschehen
an der liehten sunne brehen,
die wir dicke trüebe sehen,

Er ist dir feind,
ich weiß nicht, warum.
Seitdem er deinen Thron eingenommen hat,
hat er nie vergessen,
dir immer noch mehr Gewalt anzutun.
Seine Macht übertrifft die deine sicherlich tausendfach.
Er hat in die Lande
dir zum Schaden ausgesandt
alle seine Vasallen, die dich unverhohlen mit gewalttätiger Hand ausplündern.

Seine kalten Winde
haben deinen grünen Wald
höchst beklagenswert zugerichtet.
Durch ihr Wüten litt die Heide großen Schaden
an ihren bunten Blumen.
Sie ist entblößt, so daß sie bei Hof sich beklagen will.
Blumen und Laub
waren die erste Beute des Reifs,
die er in seine Säcke stopfte.
Er machte nicht viel Umstände.
Freudlos ist deswegen manches Herz,
da es allen Grund hat, an seinem Glück zu verzweifeln.
Eis und Schnee
haben der Vöglein Gesang
zum Verstummen gebracht in den Wäldern, wo sie nun den ganzen langen Winter über schweigen müssen.

Blumen und Klee
und vieles mehr, was uns erfreut hat,
macht uns der Schnee zunichte.
Es schmerzt mich die Sorge,
daß nichts vor ihm standhalten kann.
Sommer, deine Getreuen haben die Hufen verlassen.
Schwer hat mich getroffen,
was dem Glanz der strahlenden Sonne zugestoßen ist,
die wir oft trübe sehen.

des wir alle müezen jehen.
beidiu vinger unde zehen
sol ein ieslîch man vor disen winden wol bewarn.
ougen unde brâ
vor der winderraezen schrâ
sult ir wol behüeten, wan si verwet einen jungen, daz man waenet, er sî grâ.

Swaz ich tumber klage IV
bluomen und die liehten tage
unde an freuden niht verzage
bî dem kumber, den ich trage
(mêre, denne ich iemen sage),
daz ist ir gedienet, der ich vil gedienet hân
unde ir dienen wil
unz an mîner jâre zil,
ir sî lützel oder vil:
disen ruom ich nieman hil.
habe siz immer für ein spil,
doch sô wil ich dienen ir ûf einen guoten wân.
lîhte kumt ein tac,
daz ich sô gedienen mac,
daz mir von der guoten wirt gelônet, daz ich von ir füere freuden vollen sac.

Aller mîn gerinc V
daz ist ein verloren dinc.
swenne ir alle sprechet: »sinc,
ungemüete von mir swinc!«,
sône lât ein getelinc
sî niht hoeren mînen sanc: daz lât iu wesen leit!
derst ir dicke bî
unde heizet mandelzwî;
wie der gouch getoufet sî,
der gewizzen bin ich vrî.
sîner nâchgebûren drî
habent ungevrâget etewenne alsô geseit,

Das müssen wir alle gestehen.
Finger und Zehen
soll jedermann vor diesen Winden sorgsam behüten.
Augen und Brauen
sollt ihr vor dem rauhen Schneegestöber
gut schützen, denn es färbt einen Jungen, daß man meint, er sei grau.

Wie sehr ich Tor traure
um Blumen und helle Sommertage
und an der Möglichkeit zum Glück dennoch nicht verzweifle,
trotz dem Kummer, den ich trage
(er ist größer, als ich jemand sagen kann),
das ist ihr zu Diensten getan, der ich lange gedient habe
und der ich dienen will
bis ans Ende meiner Jahre,
seien es noch wenige oder viele.
Dieses Gelöbnis verheimliche ich niemand.
Auch wenn sie es immer nur für einen Scherz hält,
will ich ihr doch in der Hoffnung auf ein gutes Ende dienen.
Vielleicht kommt noch der Tag,
an dem mir solcher Dienst glückt,
daß mir von der Geliebten gelohnt wird und ich mit einem Sack voller Freuden von ihr scheiden kann.

Mein ganzes Werben
ist eine erfolglose Sache.
Sobald ihr alle sagt: »Sing,
vertreib meinen Mißmut!«,
dann läßt doch ein Bauernrüpel
sie meinen Gesang nicht hören: das laßt auch euch nahegehn!
Der ist oft in ihrer Nähe
und wird Mandelzweig genannt.
Wie der Narr wirklich heißt,
das weiß ich nicht.
Drei seiner Nachbarn
haben ungefragt früher einmal gesagt,

daz er Eberzant
in der toufe sî genant.
disen sumer habent si mich verdrungen, er und ener sîn
geloufte Herebrant.

Die zwên geugeweten, VI
sint von Künehôhesteten,
als ein lewe an einer keten
gênt si an dem tanze treten
bî der lieben ungebeten.
swaz si dâ mit ir gerûnent, deist mîn ungewin
unde ist mir getân.
owê, welch ein sunderwân!
waz ich ungemaches hân
(mêre, danne ein ander man),
des ich niht erwenden kan!
sô mit ungenâden loufent mîne tage hin.
wê, gelückes rat,
wenne sol ich mîne stat
ûf dir vinden, oder wenne sol ich mînen vuoz gesetzen in
der saelden pfat?

In der saelden pfat VII
ich noch leider nie getrat.
dâ ich ie genâden bat,
dâ verstiez mich mîner stat
ein gebûwer gogelsat.
solher vlüste hân ich her gespilt wol drîzec jâr,
minnehalp verlorn
beide schaden unde zorn,
den ich lîhter het verborn,
daz doch nimmer wirt verkorn,
des ich tiuwer hân gesworn.
an der lieben Vriderûnen huop ez Engelmâr,
der ir spiegel nam,
des im gouche niht gezam.
des ist unvergezzen, ich getuo ir einem sînes herzen
küneginne alsam.

daß er auf den Namen Eberzahn
getauft sei.
Diesen Sommer sind sie mir in die Quere gekommen, er und
einer seiner Kumpanen namens Heerbrand.

Die zwei Spießgesellen,
Landsleute aus Königstetten,
tapsen wie ein angeketteter Löwe
im Tanz mit der Liebsten herum,
ohne dazu aufgefordert zu sein.
Was sie da mit ihr flüstern, ist zu meinem Nachteil
und geht auf meine Rechnung.
Ach, welch dreiste Zuversicht!
Wieviel Unglück habe ich doch
(mehr als jeder andere Mensch),
das ich nicht abwenden kann!
So gehen meine Tage trostlos dahin.
Ach, Glücksrad,
wann werde ich meinen Platz
auf dir finden oder wann meinen Fuß auf den Glückspfad
setzen?

Den Weg des Glücks
habe ich leider noch nie betreten.
Wo ich um Gunst je flehte,
da stieß mich beiseite
ein frecher Bauernlümmel.
So verlustreich hab ich schon gut dreißig Jahre gespielt,
der Liebe wegen umsonst gehabt
Schaden und Zorn,
die ich besser gemieden hätte.
Nie wird das jedoch vergessen und verziehen,
das habe ich hoch und heilig geschworen.
Bei der geliebten Friderun fing es mit Engelmar an,
der ihren Spiegel nahm,
was ihm Narren nicht zustand.
Ich denke schon dran, einer ihrer Herzensköniginnen
dasselbe anzutun.

17

Owê, lieber sumer, dîner süeze bernden wünne, I
die uns dirre winder mit gewalte hât benomen!
lebt ab iemen, der ez zwischen iu versüenen künne?
ez ist manic herze gar von sînen vröuden komen,
diu sich vröuten dîner zît
immer gein dem meien.
winder niemen vröude gît
wan den stubenheien.

Vrômuot vert in trûren nû von lande hin ze lande, II
ob si iemen vinde, der in ganzen vröuden sî.
wer ist nû sô sicher, der ir irren boten sande,
dem sî künde, sî sî alles ungemaches vrî?
wer ist nû sö vreuden rich,
dâ si sî gesinde,
wan der vürste Vriderîch?
kom, dâ sî den vinde!

[Sî hât mit versuochen elliu tiutschiu lant durchwallen, III
dazs eht leider niemen gar in ganzen vröuden vant;
swar si ie kam, dâ vant si niht wan trûren bî in allen.
nû hât sî ir spehe ûz in daz Osterlant gesant:
diu vert wider unde vür
allez tougenlîchen,
ob si in vröuderîcher kür
vinde Vriderîchen.]

Wil er sî behalten, sî wil gerne dâ belîben: IV
sî was in dem willen, dö der bote von im schiet;
sî und ir gespilen wellen dâ die zît vertrîben.
wê, wer singet uns den sumer niuwiu minneliet?
daz tuot mîn her Troestelîn
und mîn hoveherre;
der gehelfe solte ich sîn:
nu ist der wille verre.

17

O weh, lieber Sommer, deine Süße bringende Wonne
hat uns dieser Winter mit Gewalt genommen.
Lebt denn niemand, der euch versöhnen könnte?
Viele Herzen sind um ihr ganzes Glück gekommen,
die sich auf dich stets freuten,
wenn der Mai nahte.
Der Winter schenkt niemand Freude
außer den Stubenhockern.

Frau Frohsinn zieht nun trauernd von Land zu Land
auf der Suche nach jemand, der in ungetrübter Freude lebt.
Wer ist jetzt so sorgenfrei, daß er der Obdachlosen einen Boten senden könnte
mit der Nachricht, all ihr Ungemach habe ein Ende?
Wer ist jetzt so freudenreich,
daß sie sich seinem Gefolge anschließen könnte?
Nur der Fürst Friedrich!
Zu ihm möge sie kommen!

[Sie hat suchend alle deutschen Lande durchpilgert,
doch leider ohne jemand in ungetrübter Freude zu finden.
Wohin sie auch kam, überall fand sie nur Trauer.
Jetzt hat sie ihre Späher nach Österreich ausgesandt.
Die ziehen hin und her
ganz im Verborgnen,
ob sie wohl in freudenreicher Stimmung
Friedrich finden können.]

Bietet er ihr Herberge, will sie sich gern bei ihm niederlassen.
Dazu war sie bereit, als ihn der Bote verließ.
Sie und ihre Gespielinnen wollen an seinem Hof leben.
Ach, wer singt uns dann im Sommer neue Minnelieder?
Das tut mein Herr Tröstelein
und mein Hofherr.
Meine Sache wäre es, ihr Helfer zu sein,
doch fehlt mir jetzt noch die Lust dazu.

Weiz ab iemen, war die sprenzelaere sîn verswunden? V
der waen ninder einer in dem lande sî beliben.
wê, waz man ir hiete ûf Tulnaere velde vunden!
ez ist wol nâch mînem willen, sint si dâ vertriben.
alle dûhten sî sich wert
mit ir langem hâre,
hiuwer tumber danne vert.
seht an Hildemâren!

Der treit eine hûben, diu ist innerthalp gesnüeret VI
und sint ûzen vogelîn mit sîden ûf genât.
dâ hât manic hendel sîne vinger zuo gerüeret,
ê si sî gezierten: daz mich niemen liegen lât.
er muoz dulden mînen vluoch,
der ir ie gedâhte,
der die sîden und daz tuoch
her von Walhen brâhte.

Habt ir niht geschouwet sîne gewunden locke lange, VII
die dâ hangent verre vür daz kinne hin ze tal?
in der hûben ligent sî des nahtes mit getwange
und sint in der mâze sam die krâmesîden val.
von den snüeren ist ez reit
innerthalp der hûben,
volleclîche hände breit,
so ez beginnet strûben.

Er wil ebenhiuzen sich ze werdem ingesinde, VIII
daz bî hoveliuten ist gewahsen unde gezogen.
begrîfents in, si zerrent im die hûben alsô swinde:
ê er waene, sô sint im diu vogelîn enpflogen.
solhen kouf an solhem gelt
niemen sol versprechen.
jâ hât vil daz Marichvelt
solher zügelbrechen.

Weiß aber jemand, wohin die Gecken verschwunden sind?
Mir scheint, kein einziger ist von denen im Lande geblieben.
Ach, wie viele von ihnen hätte man sonst auf dem Tullner
Feld gesehen!
Es ist ganz nach meinem Wunsch, daß sie von da vertrieben
sind.
Alle kamen sie sich vornehm vor
mit ihrem langen Haar,
und doch werden sie dümmer von Jahr zu Jahr.
Seht euch nur Hildemar an.

Der trägt eine Mütze, die hat innen Schnüre
und außen sind kleine Vögel aus Seide draufgestickt.
Dafür hat manches Frauenhändchen seine Finger gerührt,
ehe sie ausstaffiert war. Das wird jeder zugeben.
Der aber muß sich meinen Fluch gefallen lassen,
der sie ausgedacht hat
und der die Seide und den Stoff
aus dem Welschland einführte.

Habt ihr seine langen Ringellocken nicht gesehen,
die da bis ans Kinn weit herunterhängen?
Nachts sind sie in der Haube eingezwängt
und sind ebenso blond wie Krämerseide.
Durch das Schnüren in der Haube
ist das Haar lockig.
Eine ganze Hand breit aber steht es ab,
sobald es nicht mehr gepflegt wird.

Er will sich mit vornehmen Hausgenossen auf eine Stufe
stellen,
die bei Hofleuten aufgewachsen und erzogen worden sind.
Erwischen die ihn, zerreißen sie ihm die Mütze so schnell,
daß ihm, ehe er's denkt, die Vöglein davongeflogen sind.
Wer so zahlt, handelt solche Ware ein,
da ist kein Widerspruch erlaubt.
Ja, auf dem Marchfeld gibt es noch viele
solcher zügellosen Burschen.

18

Si klagent, daz der winder I
koeme nie vor manger zît
scherpfer noch sô swinder:
sô klag ich: mîn vrouwe diust noch herticlîch gemuot;
sist wider mich ze strenge.
got ir ungenâden niht
immer gar verhenge
nâch ir willen über mich! sist wirser danne guot.
ich hân mîniu jâr
ir gedienet âne mâze.
niemen sol mir wîzen, ob ich mîne vrouwen lâze:
dâ vinde ich liebes lônes niht als grôz als umbe ein hâr.

Verschamtiu umbetrîbe, II
sünden schanden reizelklobe,
lôsiu hoverîbe!
dienet man ir immer, sî gelônet nimmer wol.
ir lôn ist süeze selten.
vrouwen unde guotiu wîp
habe ich niht ze schelten:
dise rede ich wol von mîner vrouwen sprechen sol.
diust an êren kranc:
dem gebâret sî gelîche.
do ichs alrest erkande, dô was sî sô tugentrîche,
daz ich ir mîniu liedelîn ze dienste gerne sanc.

Nu hât si sich verkêret; III
schamelôser, valscher diet
ist ir hof gunêret.
triuwe, kiusche, guot gelaeze vindet niemen dâ:
die wâren ê gesinde;
des ich noch gedenke wol
aldâ her von kinde.
swers nu vinden wil, der muoz si suochen anderswâ.

18

Jedermann klagt, daß der Winter
seit langem nicht strenger
noch ebenso grimmig gekommen sei.
Ich aber klage: meine Herrin ist immer noch hartherzig.
Sie ist mir gegenüber allzu unerbittlich.
Möge Gott ihrem Willen nicht nachgeben
und nicht für immer
ihre Mißgunst über mich verhängen! Sie ist durch und durch schlimm.
Ich habe mein Leben lang
ihr übermäßig gedient.
Niemand darf mir Vorwürfe machen, wenn ich meine Herrin jetzt aufgebe.
Bei ihr finde ich nicht die Spur von liebem Lohn.

Schamlose Herumtreiberin,
Leimrute der Sündenschande,
freche Hofdirne!
Wie sehr man sie hofiert, sie vergilt es nicht recht.
Ihr Lohn ist niemals süß.
Edlen Damen und sittsamen Frauen
habe ich nichts vorzuwerfen.
Aber meine Herrin muß ich mit Recht so schmähen.
Ihr Ehrgefühl ist gering,
entsprechend führt sie sich auf.
Als ich sie kennenlernte, war sie so tugendhaft,
daß ich ihr zu Diensten gern meine Liedchen sang.

Jetzt ist sie anders geworden.
Zuchtloses, falsches Gesindel
hat ihren Hof geschändet.
Treue, Sittsamkeit und gutes Benehmen findet da niemand mehr.
Die gehörten einst zum Gefolge.
Das habe ich noch in guter Erinnerung
von früher Jugend an.
Wer sie jetzt finden will, muß sie anderswo suchen.

sî sint von ir stat
âne ir willen hin gedrungen.
wîlent was ein munt berihtet wol mit einer zungen:
nu sprechent zwô ûz eime; des ir hof die menge hât.

[Mîn vrouwe ist wandelbaere, IV
got und elliu guoten dinc
  (diu) sint ir gar unmaere.
swer die besten minnet, demst si nîdic und gehaz.
swer sich ze gote naehet,
er sî eigen oder vrî,
  (der) wirt von ir gesmaehet.
zuht und êre stüende mîner vrouwen verre baz.
sist der werke vrî,
diu nâch hôher wirde ringen.
ich hoer niht ir lop ze hove schalleclîchen singen.
nu seht, ob ich ze vrouwen wol an ir behalten sî!]

Mîner vrouwen êre V
diust an allen liden lam
  unde strûchet sêre.
sist gevallen, daz siz uberwinden nimmer mac.
si lît in einer lachen,
daz si niemen âne got
  reine kan gemachen.
sî gewinnet nimmer mêre rehten süezen smac.
sünden rîchen man,
hüetet iuwer vor ir wâze!
stêt in iuwer huote dâ ze kirchen und ze strâze!
ir saelden siechen vrouwen, verret iuch her wider dan!

[Ahzic niuwer wîse VI
loufent mir nu ledic bî,
  diech ze hôhem prîse
mîner vrouwen lange her ze dienste gesungen hân.

Sie sind von ihrer Stätte
nicht aus freien Stücken verdrängt worden.
Einst war ein Mund mit einer Zunge zufrieden,
jetzt sprechen zwei aus einem. Davon hat ihr Hof jede Menge.

[Meine Herrin ist mit Fehlern behaftet,
Gott und alles Ehrenwerte
sind ihr vollkommen egal.
Wer die edelsten Frauen liebt, dem ist sie mißgünstig und feind.
Wer sich zu Gott hinwendet,
ob Knecht oder Herr,
wird verächtlich von ihr behandelt.
Anstand und Ehre stünden meiner Herrin weit besser an.
Sie ist von jeglichem Tun frei,
das nach Höherem strebt.
Ich höre nichts davon, daß man bei Hofe ihr Loblied laut singt.
Seht also, ob ich mit ihr als Herrin gut dran bin!]

Meiner Herrin Ehre
ist lahm an allen Gliedern
und strauchelt sehr.
Ja, sie ist gefallen, daß sie sich nie mehr davon erholen kann.
Sie liegt in einer Schmutzlache,
so daß sie niemand außer Gott
reinigen kann.
Sie gewinnt nie wieder ihren richtigen süßen Duft zurück.
Ihr sündhaften Männer,
hütet euch vor ihrem Hauch!
Nehmt euch in acht, drinnen und draußen!
Ihr unglücklichen Frauen, macht euch schnell wieder davon!

[Achtzig neue Weisen
laufen mir jetzt herrenlos zur Seite,
die ich höchst kunstvoll
bislang im Dienste meiner Herrin gesungen habe.

ditze ist nû diu leste,
die ich mêre singen wil,
an vröuden niht diu beste,
als ir an dem wunderlîchen sange iuch müget verstân.
diust sô künstelôs
beide an worten unde an rîme,
daz mans ninder singen tar ze terze noch ze prîme.
ich klage, daz ich solhe vrouwen ie ze dienste erkôs.]

[Nu nimt genuoge wunder, VII
wer diu selbe vrouwe sî,
diech mit sange besunder
mit mîm hôhen lobe sô rehte wol getiuret hân.
si heizet Werltsüeze.
daz mich unser herre got
vor ir befrîen müeze!
guotiu wîp diu enhabent mir ze leide niht getân:
mîner vrouwen nam
derst von wîben underscheiden.
mir und mêre liutes muoz wol in ir dienste leiden.
swâ man lop erkennet, da ist ir lop unlobesam.]

Ich hiet ein ureliuge, VIII
daz ich lange hân getragen
mit vil grôzer smiuge.
daz hât mir versüenet wol der vürste ûz Ôsterlant.
die geilen dorefsprenzel,
die dâ wâren in dem geu
alle voretenzel,
der vüert iegeslîcher nû ein îsenîn gewant
in die herevart,
dâ der vürste hin gebiutet.
jungiu wîp, ir werdet selten mê von in getriutet:
si sint nu hereliute, Bereliup und Irenwart.

Diese ist nun die letzte,
die ich für alle Zeit singen will.
Sie ist freilich nicht die fröhlichste,
wie ihr an dem seltsamen Gesang merken könnt.
Sie ist so kunstlos,
was Sprache und Versbau angeht,
daß man sie bei keiner Gelegenheit zu singen wagt.
Ich beklage, eine solche Herrin je zum Dienst mir erwählt
zu haben.]

[Nun möchten manche gern erfahren,
wer denn diese Herrin ist,
die ich mit jedem Lied
so hoch gepriesen und so sehr verherrlicht habe.
Sie heißt Frau Weltsüße.
Möchte mich Gott, unser Herr,
von ihr befreien!
Ehrbare Frauen haben mir nichts zuleide getan.
Meiner Herrin Name
hat aber nichts mit gewöhnlichen Frauen zu tun.
Mir und auch andern wird es in ihrem Dienste zuwider.
Überall, wo man sich auf Lob versteht, ist das ihre nicht am
Platz.]

Ich war in Händel verwickelt,
die ich lange Zeit ertragen habe
mit sehr großer Mühe und Not.
Die hat der Herzog von Österreich gründlich für mich
[beigelegt.
Die übermütigen Bauerngecken,
die in der ganzen Gegend
Vortänzer waren,
ziehen nun alle mit eisernen Rüstungen
in die Heerfahrt,
zu der der Fürst aufbietet.
Junge Frauen, ihr werdet nie wieder von ihnen umarmt!
Sie sind nun richtige Kriegsleute, Berelieb und Irenwart.

Irenwart und Uoge, IX
die von rehte solten phlegen
bûwes mit ir phluoge,
die sach man ze Wienne koufen currît unde platen.
Uoge der kouft eine,
dar zuo zwei vil dickiu leder
vür diu schinebeine.
wer solt im ze Ruste mêre tanzens vor gestaten?
er hât einen neven
dâ bî im ze Michelhûsen.
wil der rihter hôher bî der Persenicke mûsen,
dâ ist ir vil, die strît ûf kirichtagen künnen heven.

Swer einen vogel haete, X
der mit sange dur daz jâr
sînen willen taete,
der solt underwîlen zuo dem vogelhûse sehen
und gebe im guote spîse!
sô sung im der selbe vogel
gerne süeze wîse
und müeste er im mit willen guoter meisterschefte jehen.
wolte er sînen sanc
gerne hoeren in dem meien,
sô solt er in den winter mit geraete ein lützel heien:
die vogele sagent mit sange guoter handelunge danc.

19

Allez, daz den sumer her mit vreuden was, I
daz beginnet trûren gein der winderlangen swaeren zît.
sanges sint diu vogelîn geswigen über al.
gar verdorben sint die bluomen unde gras.
schouwet, waz des kalten rîfen oben ûf dem walde lît!

Irenwart und Uoge,
die nach Recht und Stand den Acker
mit ihrem Pflug bestellen sollten,
die sah man in Wien Harnisch und Panzer kaufen.
Uoge besorgte sich einen,
außerdem zwei mächtig dicke Ledergamaschen
zum Schutz der Schienbeine.
Wer könnte in Rust ihm jetzt noch weiteres Vortanzen
Er hat einen Neffen, ⌊gestatten?
der in Michelhausen lebt.
Würde der Kriegsknechtewerber weiter oben an der
Perschling umhersuchen,
da wären noch viele zu haben, die sich auf
Kirchtagsraufereien verstehn.

Wer einen Vogel besitzt,
der das ganze Jahr über mit Gesang
seine Wünsche erfüllt,
sollte doch ab und zu nach dem Käfig sehen
und dem Vogel gutes Futter geben!
Dann sänge er seinem Betreuer
mit Freude liebliche Weisen, ⌈zugestehen.
und der müßte ihm bereitwillig meisterhafte Sangeskunst
Möchte er seinen Gesang
gern im Mai hören, ⌈versorgen.
dann sollte er ihn den Winter über reichlich mit Vorrat
Die Vögel bedanken sich mit ihrem Singen für gute
Behandlung.

19

Alles, was den Sommer über fröhlich war,
wird nun traurig, da die lange harte Winterszeit beginnt.
Alle Vöglein sind mit ihrem Gesang verstummt.
Dahin sind Blumen und Gras.
Seht nur, wieviel eisiger Reif den Wald bedeckt!

ez ist wol von sînen schulden, ist diu heide val.
daz ist ein gemeiniu klage,
diu mich vröuden wendet:
daz ist an mînem lesten tage
leider unverendet.

Sô nimt lîhte iuch wunder, waz diu klage sî, II
diech durch bezzerunge mînen lieben vriunden hân geseit.
ich wils iuch bescheiden, daz ir sprechet: »ez ist wâr.«
bî der werlde niemen lebet sünden vrî:
ja ist ez sô ie lenger sô ie boeser in der kristenheit.
mîne tage swindent unde kurzent mîniu jâr.
solde ich dâ bî vröuden phlegen,
diu niht von herzen gienge,
und dienest lâzen under wegen,
der mich baz vervienge?

Swenne ich sündehafter solte in riuwen baden, III
sô wil sî, mîn vrouwe, deich ir kinden singe niuwen sanc:
sô muoz ich mich ir gewaltes mit verzîhen wern.
sî endarf mich nimmer mê an sich geladen:
von ir dienest umbe ein scheiden sô stêt aller mîn gedanc.
ich bin in dem willen, daz ich wil die sêle nern,
diech von gote geverret hân
mit üppiclîchem sange.
der engel müeze ir bî gestân
und hüete ir vor getwange!

Mîn vrouwe diu ist elter danne tûsent jâr IV
unde ist tumber, dan bî siben jâren sî ein kindelîn:
mit sô swacher fuore wart mir vrouwe nie bekant.
sî hât mich verleitet an daz ende gar
und hât noch gedingen zeinem immer wernden diener mîn

Allein durch sein Verschulden ist die Heide fahl.
Das ist jedermanns Klage,
die auch mich traurig macht:
das wird an meinem letzten Tag
leider noch nicht anders sein.

Vielleicht interessiert es euch auch, was dagegen die Klage bedeutet,
die ich, um zu bessern, an meine lieben Freunde gerichtet habe.
Ich will's euch erklären, daß ihr sagt: »Es ist wahr!«
Auf Erden lebt niemand ohne Sünden.
Ja, es wird je länger desto schlimmer in der Christenheit.
Meine Tage schwinden dahin, mein Leben ist nur noch kurz.
Sollte ich mich dabei Vergnügungen hingeben,
die nicht aus dem Herzen kämen,
und den Dienst verweigern,
der mir förderlicher wäre?

Wenn ich Sünder in Reuetränen baden sollte,
will sie, meine Herrin, daß ich ihren Kindern neue Lieder singe.
Dann muß ich mich ihres Drängens mit einem klaren Nein
Sie darf mich nie wieder zu sich beordern. ⌊erwehren.
Alle meine Gedanken sinnen darauf, den Abschied aus ihrem Dienst zu nehmen.
Ich bin gewillt, meine Seele zu retten,
die ich Gott entfremdet habe
mit leichtfertigem Gesang.
Möchte ihr Engel ihr beistehen
und sie vor Bedrängnis bewahren!

Meine Herrin ist älter als tausend Jahre
und doch törichter als ein siebenjähriges Kind.
Eine Frau mit so liederlichem Gebaren hab ich noch nie
Sie hat mich total in die Irre geführt ⌊kennengelernt.
und glaubt dennoch, ich bliebe ihr Diener für immer.

alsô sagte mir ein bote; den het si mir gesant
unde enbôt mir offenbâr
ir dienest unde ir minne:
dô widersagte ich ir vil gar:
si valschiu triegaerinne!

Êrelôsiu vrouwe, wê, waz welt ir mîn? V
lât iu tûsent junge dienen hinne vür an mîner stat!
ich wil einem herren dienen, des ich eigen bin:
ich enwil niht langer iuwer senger sîn.
daz ich iu ze dienest ie sô mangen geilen trit getrat,
daz ist mînes heiles, mîner sêle ungewin.
daz ich iuch dô niene vlôch,
daz ist mîn meistiu swaere,
und mich ze herren niht enzôch,
des lôn noch bezzer waere.

Sît die wîsen alle heizent gotes kint VI
(waere ich danne wîs, sô koeme ich mit in an der kinder schar
zuo der samenunge: da ist mir leider verre hin)
und der Werlde holden alle tôren sint,
herre got von himelrîche, gip mir dîn geleite dar!
kraft ob allen krefteu, nû gesterke mir den sin,
daz ich mîner sêle heil
um dich verdienen müeze
und immer wernder wünne teil
durch willen dîner süeze!

Swenne ich an ein trûren wende mînen muot, VII
sô kumt einer unde sprichet: »guote, singet etewaz!
lât uns mit iu singen, tuot uns vröudehelfe schîn!
swaz man nû gesinget, daz ist niht ze guot.
mîne vriunde sprechent, ir gesunget wîlen verre baz.
sî nimt immer wunder, war die dörper komen sîn,
die dâ waeren hie bevor
ûf Tulnaere velde.«

So sagte mir ein Bote. Den hatte sie mir geschickt,
und durch ihn bot sie mir unverhohlen
ihren Dienst und ihre Liebe an.
Da sagte ich mich ganz und gar von ihr los,
von ihr, der falschen Betrügerin.

Ehrlose Herrin, ach, was wollt ihr von mir?
Laßt tausend Jünglinge euch hinfort anstatt meiner dienen!
Ich will einem Herrn dienen, dem ich mit Leib und Seele angehöre.
Ich will nicht länger euer Sänger sein.
Daß ich euch zu Diensten jemals so viele übermütige Tänze tanzte,
schadet meinem Seelenheil.
Daß ich euch damals nie entfloh,
ist mein größter Kummer,
und mich nicht einem Herren anschloß,
dessen Lohn doch viel besser wäre.

Da die Weisen alle Gottes Kinder heißen
(wäre ich weise, würde ich also mit ihnen in die Kinderschar
eingereiht werden: leider bin ich noch weit davon entfernt)
und da die Freunde der Frau Welt alle Toren sind,
gib mir, Herr Gott des Himmelreichs, dein Geleit dahin!
Allmächtiger, stärke meinen Sinn,
damit ich würdig werde,
mein Seelenheil von dir zu erlangen
und meinen Anteil an der ewigen Wonne
um deiner Güte willen!

Wenn ich mich meiner Trauer hingeben will,
kommt gleich einer und spricht: »Guter, singt etwas!
Laßt uns mit euch singen, verhelft uns zu unserm Vergnügen!
Alles, was man jetzt singt, ist nicht sonderlich gut.
Meine Freunde sagen, ihr hättet einst weitaus besser gesungen.
Sie wollen immerzu wissen, wo die Dörper hingekommen seien,
die früher zu finden waren
auf dem Tullner Feld.«

ez vert noch einer mit ir spor,
des üppekeit ich melde.

Erst geheizen rehtes namen Limizûn. VIII
er und einer sîn geselle (derst getoufet Holerswam),
er ist ninder hie, der ie gesaehe ir beider gaten.
des einen hâr ist reideval, des andern -brûn.
erst noch toerscher, danne der uns Vriderûn ir spiegel nam
oder jene, die ze Wienne wîlen kouften platen.
ir beider buosem sint beslagen
wol mit knophelînen,
zweier zîle alumbe den kragen,
dazs ot verre schînen.

Ir hüete, ir röcke, ir gürtel die sint zinzerlîch, IX
ir swert gelîche lanc, ir schuoch unz ûf daz knie ergât gemâl:
alsô truogen sîs den sumer ûf den kirichtagen.
üppiclîches muotes sint si ellenclîch,
daz si waenent, sî sîn künftic von der Treisem hin ze tal.
wie moht mîn vrou Süezel Limezûnen daz vertragen,
daz er an ir hende spranc
den reien? von der tschoyen
sîn houpt er zoedeclîchen swanc
gein ir zem turloyen.

20

Sumers und des winders beider vîentschaft I
kan ze disen zîten niemen understân.
winder der ist aber hiwer mit sînen vriunden komen:
er ist hie mit einer ungevüegen kraft;
erne hât dem walde loubes niht verlân
und der heide ir bluomen unde ir liehten schîn benomen.

Einer verfolgt noch ihre Spur,
dessen Aufgeblasenheit ich enthüllen will.

Er heißt mit seinem richtigen Namen Leimdenzaun.
Er und einer seiner Spießgesellen (namens Hohlerschwamm)
sind ein Gespann, wie es niemand hier je gesehen hat.
Des einen Haar ist blond-, des andern braungelockt.
Er ist noch närrischer als der, der Frideruns Spiegel raubte,
oder als jene, die in Wien einst Harnische kauften.
Beider Brustpanzer sind schön
mit Knöpfchen beschlagen,
in zwei Reihen um den Hals herum,
damit sie auch ja weithin funkeln.

Ihre Hüte, Röcke und Gürtel sind putzig,
ihre Schwerter eins lang wie das andre, ihre Schuhe kniehoch und bemalt.
So waren sie den Sommer über auf den Kirchtagen ausstaffiert.
Eingebildet sind sie wie alle Dörper,
weil sie glauben, man erwarte ihr Kommen im ganzen Traisental.
Wie konnte meine Herrin Süßel Leimdenzaun nur erlauben,
daß er an ihrer Hand den Reigen
sprang? Vor Freude darüber
schwang er höchst widerwärtig seinen Kopf
ihr beim Tanze entgegen.

20

Die Feindschaft zwischen Sommer und Winter
kann niemand auf Erden schlichten.
Der Winter ist wieder mit seinen Freunden gekommen,
er ist hier mit einem grimmigen Heer.
Er hat dem Wald kein einziges Blatt gelassen
und die Heide ihrer Blumen und ihres bunten Leuchtens beraubt.

sîn unsenftikeit
ist ze schaden uns bereit.
sît in iuwer huote! er hât uns allen widerseit.

Alsô hân ich mîner vrouwen widersagt: II
sî endarf mîn niht ze dienestmanne jehen;
ich gediene ir williclîchen nimmer einen tac,
sît si guoten vriunt in vîndes stricke jagt.
ich wil mir ein lange wernde vrône spehen,
diu mich hin ze gotes hulde wol gebringen mac.
die verliust si mir:
deste wirs getrouwe ich ir.
sî sol wizzen, daz ich ir ze vrouwen wol enbir.

Ist daz niht ein wandel an der vrouwen mîn? III
swer ir dienet, dem ist kranker lôn beschert.
sî verleitet manegen, daz er in dem drûhe lît;
des muoz leider liebes lônes âne sîn,
der ouch in ir dienste hin ze helle vert.
er ist saelic, swer sich von ir verret bî der zît,
daz er ze mittem tage
sînen phenninc hie bejage,
den er um die vesperzît verdienet mit im trage.

Swaz ich nû gesinge, daz sint klageliet: IV
dâ envreut sich lützel leider iemen von.
ê dô sang ich, daz den guoten liuten wol gezam.
sît daz mich daz alter von der jugende schiet,
muoz ich dulden, des ich ê was ungewon.
niemen sich verzîhe, im geschehe vil lîhte alsam!
wirt er als ich grâ,
sô ist missebieten dâ.
sô der wolf inz alter kumt, sô rîtet in diu krâ.

Ê dô kômen uns sô vreuden rîchiu jâr, V
dô die hôchgemuoten wâren lobesam:
nu ist in allen landen niht wan trûren unde klagen,

Seine Unannehmlichkeiten
stehen bereit, um uns zu schaden.
Seid auf der Hut! Er hat uns allen Fehde angesagt.

So hab ich auch meiner Herrin die Freundschaft gekündigt.
Sie darf mich nicht mehr zu ihren Dienern zählen.
Ich diene ihr freiwillig keinen einzigen Tag mehr,
da sie ihren guten Freund ins Netz des Feindes jagt.
Ich will mich nach einem dauerhaften Dienst umsehen,
der mich zur Gnade Gottes sicher geleiten kann.
Um die bringt sie mich:
desto weniger traue ich ihr.
Sie soll wissen, daß ich sie als Herrin gut entbehren kann.

Ist das nicht ein Makel an meiner Herrin?
Wer ihr dient, erhält nur schlechten Lohn.
Sie verführt manchen, daß er im Fangnetz hängt.
Daher muß leider selbst der ohne freundlichen Lohn bleiben,
der in ihrem Dienst nieder zur Hölle fährt.
Glücklich, wer sich beizeiten von ihr wegmacht,
um am Mittag
sich um seinen Lohn hier zu mühen,
den er dann abends wohlverdient bei sich tragen kann!

Alles, was ich jetzt singe, sind Klagelieder.
Da hat leider niemand seine Freude dran.
Früher sang ich, was den hohen Herrschaften gut gefiel.
Seitdem mich das Alter von der Jugend getrennt hat,
muß ich erdulden, was ich früher nicht gewohnt war.
Niemand streite ab, daß es ihm vielleicht ebenso ergehen werde!
Wird er grau wie ich,
trifft auch ihn schlechte Behandlung.
Wenn der Wolf ins Alter kommt, reitet ihn die Krähe.

Früher waren für uns die Jahre so freudenreich,
als es noch fröhliche Menschen zu loben gab.
Jetzt herrscht in allen Landen nur Trauer und Klage,

sît der ungevüege dörper Engelmâr
der vil lieben Vriderûne ir spiegel nam.
dô begunde trûren vreude ûz al den landen jagen,
daz si gar verswant.
mit der vreude wart versant
zuht und êre; disiu driu sît leider niemen vant.

Der mir hie bevor in mînen anger wuot VI
und dar inne rôsen zeinem kranze brach
unde in hôher wîse sîniu wineliedel sanc,
der beswârte nie sô sêre mir den muot
als ein dinc, daz ich von Willekinde sach.
do'r den krumben reien an ir wîzen hende spranc,
dô swanc er den vuoz,
des mîn vreude swinden muoz.
er und Gätzeman gewinnet nimmer mînen gruoz.

Er spranc winsterthalben an ir wîzen hant: VII
houbet unde hals gie im vil vaste entwer,
dem gelîche, als der des lîbes niht gewalten mac.
dô wart mir der oede krage alrest bekant.
wê, wer brâhte in ie von Atzenbrucke her?
dâ hât er gesungen vor vil manegen vîretac:
des tuot er wol schîn.
er wil alsô tiuwer sîn
als der durch daz röckel trat der lieben vrouwen mîn.

Minne, wer gap dir sô rehte süezen namen, VIII
daz er dir dâ bî niht guoter witze gap?
Minne, hôhe sinne solten dîn geleite sîn.
ich muoz mich ze manegen stunden vür dich schamen:
dû verliusest dicke dînen riutelstap.
daz dû swachen vriunden gîst dîn haerîn vingerlîn,
dêst dîn êre kranc.
daz dû, vrouwe, habest undanc!
in dîn haerîn vingerlîn ein kneht den vinger dranc.

seit der plumpe Tölpel Engelmar
der geliebten Friderun den Spiegel nahm.
Damals begann Trauer, die Freude aus allen Landen zu verjagen,
daß sie schließlich ganz entschwand.
Mit der Freude wurden verbannt
Zucht und Ehre. Diese drei hat seither leider niemand gefunden.

Der mir einst auf meinen Anger drang
und dort Rosen für einen Kranz abbrach
und mit lauter Stimme seine Liebeslieder sang,
der hat mir das Herz nie so sehr bekümmert
wie das, was ich Willekind tun sah.
Als er an ihrer weißen Hand den krummen Reigen sprang,
da schwang er den Fuß,
daß meine Freude schwinden muß.
Ihm und Gätzemann versag ich hinfort meinen Gruß.

Er sprang links an ihrer weißen Hand.
Kopf und Hals gingen ihm tüchtig hin und her,
wie wenn einer die Herrschaft über seinen Körper verloren hat.
Da lernte ich den Widerling zuerst kennen.
Wehe, wer hat ihn je aus Atzenbruck hierher gebracht?
Da ist er Vorsänger gewesen an vielen Feiertagen.
Das gibt er deutlich zu erkennen.
Er will ebensoviel gelten
wie der, der meiner lieben Herrin das Röckchen beim Tanze zerriß.

Minne, wer hat dir einen so wahrhaft süßen Namen gegeben,
ohne dir dazu den rechten Verstand zu verleihen?
Minne, edle Sinne sollten deine Begleitung sein.
Ich muß mich manchesmal für dich schämen.
Du verlierst oft deine Würde.
Daß du niederen Freunden deinen Haarring schenkst,
tut deiner Ehre Abbruch.
Sei verwünscht, Herrin!
In dein härenes Ringlein hat ein Bauernbursch seinen Finger gezwängt.

Daz siz niht dem ritter an den vinger stiez, IX
dô iz in der niuwe und in der wirde was!
dannoch hete siz dem knehte wol vür vol gegeben.
ich weiz rehte niht, war umbe sî daz liez.
lîhte was der kneht ir ougen spiegelglas.
Minne ist sô gewaltic, dâ si hin beginnet streben,
Minne ist sô gemuot,
der mit werke ir willen tuot,
daz si dâ hin minnet, dâ ir êre ist unbehuot.

Ach, daß sie ihn nicht dem Ritter an den Finger steckte,
als er noch neu und kostbar war!
Dann hätte sie ihn dem Knecht immer noch als vollwertig
geben können.
Ich weiß wirklich nicht, warum sie das ließ.
Vielleicht war der Knecht der Liebling ihrer Augen.
So rücksichtslos ist die Minne, wenn sie einen begehrt,
und so gesinnt,
wenn jemand mit seinem Tun ihren Willen erfüllt,
daß sie sich selbst da hingibt, wo ihre Ehre nicht gehütet
wird.

Anmerkungen

Sommerlieder

1. (Haupt-Wießner 9,13; ATB Sommerlied 9.)

Der auf den naturhaften und selbst Altersgrenzen überspielenden Zusammenhang von Frühling und Liebe abzielende Text, vermutlich aus Neidharts frühester Schaffensperiode, stellt sich als Minnegespräch zwischen einer liebeskranken, wiewohl lebenslustigen Alten und einem dies staunend zur Kenntnis nehmenden Mädchen zwar in die Nähe des am häufigsten bezeugten Sommerliedtypus der Mutter-Tochter-Dialoge, ohne jedoch einen tieferen Gegensatz zwischen den Gesprächspartnern oder Spezifika aus der Welt des Dorfes zu entfalten. Zumal die das Thema der Liebesnot aufgreifende Schlußwendung des Sänger-Ichs entspricht ganz der vorgegebenen Minnesangkonvention. Neidharts Eigenart dokumentiert sich vor allem in der anthropomorph ausgerichteten Bildhaftigkeit des ungewöhnlich breit ausgeführten Natureingangs (Str. III und IV!), in dem Überraschungseffekt der bis IV 6 hinausgezögerten Inquit-Formel sowie in dem leicht parodistischen Unterton, der die Gesprächsszene durchzieht.

II 6 *strîchen:* eigentlich ›(die Kleidung) glatt streichen, sich kleiden, putzen‹.
V 2 *erwagen:* wörtlich ›in Bewegung kommen‹.
4 *küneginne:* die Minne.
5 *wie mangen:* sogar alten Weibern!
VI 5 geht auf antike Vorstellungen von der Liebesgöttin und ihren Geschossen zurück. *si* bezieht sich auf das Femininum *strâle* ›der Pfeil‹ (1).

2. (Haupt-Wießner 3,1; ATB Sommerlied 1.)

Der Figur der tanzwütigen, liebestollen Alten ist hier in parodistischer Umkehrung der natürlichen Situation die warnende Tochter zur Seite gestellt. Der gegenüber dem Grundtypus des Mutter-Tochter-Dialogs vorgenommene Rollentausch bleibt indes ohne Auswirkung auf die übliche Gesprächsstruktur und Funktion der einzelnen Motive, läßt allenfalls die ungehemmte Triebhaftigkeit der naturhaft-sinnlichen Sommerliedminne in grellerem Lichte erschei-

nen. Das Fehlen des Natureingangs und der bei Neidhart sonst nicht bezeugte Kehrreim haben in der älteren Forschung wiederholt Zweifel an der Echtheit des Liedes aufkommen lassen.

I 2 *bluomen bringen:* Blumen zum Kranze winden und diesen dem Tanzpartner beim Reigen übergeben.
4 d. h. zum Reigen.
II 2 Der mhd. Folgesatz hat die Gestalt eines Hauptsatzes.
III 1 *sprechen* mit Akk. der Person.

3. (Haupt-Wießner 4,31; ATB Sommerlied 3.)

Das der Schilderung der belebenden Kraft des Frühlings gewidmete Lied, wegen des fehlenden dialogischen Merkmals formal Repräsentant eines reinen Sängerliedes, wirkt ganz aus dem komischen Effekt des derb-grotesken Schlußbildes.

II 1 *grîs:* grau von Schnee, Eis oder Reif.
5 konkret gemeinter Sinn unklar, vielleicht: »Dafür will der Mai als Spender aller Frühlingsgaben gefeiert werden.«
III 3 ff. beim Reigen.

4. (Haupt-Wießner 15,21; ATB Sommerlied 14.)

Das Lied ist ein Beispiel für den Typus des Gespielinnengesprächs. Es entfaltet sich – nach Frühlingspreis und Reigenansage des Sängers und unter Bezugnahme darauf – als Unterhaltung über Liebesdinge, und zwar auf der einen Seite als Klage über den Verfall echten Frauendienstes, auf der anderen als tröstender Zuspruch aus der Perspektive der vom ritterlichen Galan hingerissenen Freundin. Das Ganze ist Travestie, ein sich unbekümmert gebendes Spiel mit höfischen Motiven und traditionellen Floskeln im Munde erotisierter Dorfmädchen, deren Vokabeln zwar aus dem Umkreis erhöhender Minne stammen, deren wahres Wesen aber auf Handfesteres aus ist (Str. VI!).

I 3 f. Aus *ine gesach* von 1 ist *ich sach* zu ergänzen. Also eigentlich: »ich erblickte den grünen Wald in lichter Augenweide«.
IV 7 Wörtlich: »durch die er im Werte erhöht wäre«.
VI 6 Wörtlich: »mit so geheimen Sinnen«.
VII 7 *nône:* ›die neunte Stunde‹ (von 6 Uhr morgens ab gerechnet), überhaupt ›die Mittagszeit‹.

5. (Haupt-Wießner 8,12; ATB Sommerlied 8.)

Dieses derbe, ungehobelt bäurische Streitgespräch zwischen tanzlustiger Tochter und im Interesse ihrer *huote*-Funktion scheltender (hier vergeblich zu häuslicher Arbeit anhaltender) Mutter – die beliebteste Szene in Neidharts Sommerliedern – verzichtet, vom Natureingang abgesehen, auf Anlehnungen an den Sprachgebrauch höfischer Lyrik. Zur handfesten Drastik und meisterhaften Anschaulichkeit der Situation trägt vielmehr ein der dörflichen Wirklichkeit bewußt angenähertes Vokabular bei.

II 3 *der = si quis.*

IV 4 *noch* gehört zu *tumber*, also wörtlich: »Ihr seid in diesem Jahr noch dümmer, als ihr ursprünglich, von Hause aus seid.«

V 1 *sî:* die Junge, in 2 ff. spricht die Alte.

2 Der mhd. Wortlaut entspricht der Vorstellung, daß der Teufel aus dem Munde des Besessenen spricht.

6. (Haupt-Wießner 24,13; ATB Sommerlied 21.)

Das Lied ist eine ebenso unmittelbar und lebendig wirkende Abwandlung der gleichen Grundsituation. Dem Frühlingszank zwischen Tochter und Mutter schließt sich in Strophe VI und VII ganz ungezwungen ein geschickter epischer Schlußbericht des Dichters an: ehe man sich's versieht, ist das Mädchen draußen beim Ballspiel mit ihrem Liebhaber!

I 5 *ê noch sît:* ›weder früher noch später‹, formelhaft zur Steigerung verwendet.

II 5 erotisches Motiv: Hinweis auf genossene Liebesfreuden.

III 5 *wil* hat hier die Geltung eines Zeitworts der Bewegung.

IV 1 *der mägde:* Gen. Sg., d. h. der Sprecherin, die sich an eine Gespielin wandte.

2 nämlich das Bestehen eines Liebesverhältnisses mit *dem von Riuwental.*

4 Die höhnische Aufforderung meint, daß das Mädchen nicht mehr Jungfrau sei.

5 *an die schar* gehört ebenso zu *muost* wie zu *wilt.*

7. (Haupt-Wießner 26,23; ATB Sommerlied 23.)

Das Mutter-Tochter-Gespräch dieses Liedes schlägt weniger grobe Töne an, thematisiert dafür die den personalen Sommerliedkonstellationen innewohnende soziale Problematik. Seine komische Wirkung mag in der der Bauernwelt geltenden spöttischen Verachtung gelegen haben, mit der Neidhart – unter Verwendung der typusbestimmenden Unwiderstehlichkeit der ritterlichen Liebhaberrolle – das Dorfmädchen auf die Warnungen der ihre ständische Perspektive und damit die natürliche Ordnung vertretenden Bäuerin reagieren läßt, der parodistische Effekt in dem zutiefst dörperlichen Wesen auch der Tochter, wie es sich in dem unbekümmerten und ungehemmten Aussprechen all ihrer Wünsche deutlich enthüllt.

IV 4 *Wîerât:* Mädchenname.

V 2 *heien:* ›hegen, pflegen‹, intrans. in der Bedeutung ›wachsen, gedeihen‹.

VI 2 *drangen:* drängen, belästigen.

VII 1 Die im Mhd. sonst unbezeugte Redensart bedeutet entweder verächtliche Abweisung (s. die Übertragung) oder zudringliche Zumutung (etwa: »Wollt ihr mich mit dem Meier verkuppeln?«).

2 *gehersen:* mit Dat. ›beherrschen‹.

VIII 4 *manegen eit:* nämlich von dem Ritter nichts mehr wissen zu wollen.

IX 3 *den* kann auch als Akk. Sg. aufgefaßt werden und wäre dann auf *in* (2) zu beziehen: »... um seinetwillen aufs Spiel setzen, dem ich meine Geneigtheit nie verheimlicht habe.«

8. (Haupt-Wießner 11,8; ATB Sommerlied 11.)

Das umfangreichere der beiden, durch Form und übereinstimmende Einzelmotive sich zu den Sommerliedern stellenden Kreuzlieder Neidharts, das den Sänger und seinen fingierten Boten jenseits des Meeres zum Zeitpunkt des heimatlichen Frühlingsanfangs zeigt, gehört zu den bedeutendsten Dokumenten der mittelalterlichen Kreuzzugslyrik. Es spielt auf Ereignisse aus dem 1217 begonnenen Kreuzzug an, an dem neben Herzog Leopold VI. von Österreich u. a. französische, später auch italienische Kreuzfahrer beteiligt waren und der sich im Sommer 1218 nach schweren Verlusten bei Belagerungsoperationen im Nildelta und durch Seuchen (vgl. VIII 4 f.) in einer derart desolaten Situation befand, daß im Früh-

jahr 1219 aus Kardinalsmunde Durchhalteparolen für die Zeit bis zum August (vgl. XI 2!) ausgegeben werden mußten. Dementsprechend weicht die im Lied gestaltete Minnerelation vom gewöhnlichen Sommerliedgepräge ab. Vor allem aber weisen Stimmung und Ton im Gegensatz zur herkömmlichen Kreuzzugsbegeisterung auf ein völlig neues, nüchtern-illusionsloses Kreuzzugserlebnis. Keine einzige Spur von religiöser Inbrunst, allein die aus den verhaßten Mühsalen des realen Kreuzfahrerdaseins geborene Sehnsucht nach den Freunden, der Geliebten und der Heimat durchzieht die Strophen des Liedes und gibt ihnen ihren inneren Zusammenhang.

I 5 d. h. »Der Lenz ist gekommen.«

II 1 *wandelunge:* Wechsel der Jahreszeit.

7 Neidharts Erbitterung über die Reibereien innerhalb des Kreuzfahrerheeres, zumal zwischen Deutschen, Franzosen und Italienern, schlägt sich nieder in der sarkastischen Umstilisierung des berühmten Waltherschen Wehe-Rufs (2. Reichstonspruch: *sô wê dir, tiuschiu zunge*) zur Abschiedsformel.

VIII 1 Da mit einem Boten in Wahrheit nicht zu rechnen ist, übernimmt der Dichter selbst dessen Aufgabe mit seinem Lied.

IX 1 *alten:* ›alt werden‹, vgl. Redensarten wie »da werde ich nicht alt« im Sinne von »da bleibe ich nicht«.

4 *het behalten:* hätte noch vorrätig.

7 Sprichwörtlich.

X 1 *si:* die *vriunde* des Dichters.

XI 4 f. eigentlich zwei mhd. Bedingungssätze, die allerdings den Wert von Objektsätzen haben.

Winterlieder

9. (Haupt-Wießner 36,18; ATB Winterlied 2.)

Trotz der charakteristischen Winterklage ist dieses frühe Winterlied von durchaus heiterer Stimmung erfüllt. Die kleine Würfelspielszene, die Gruppe der sich ereifernden Mädchen, ihre Tanzvorbereitungen (typisch für Neidhart dabei vor allem die Namenhäufungen): all das ist mit köstlichem Humor, feiner Ironie (*triel*!) und großer Freude am real geschauten Detail gezeichnet. Der Sänger präsentiert sich noch in der Rolle des erfolgreichen Tanzorganisators und

Freudenbringers. Von der späteren bitteren Feindseligkeit der Dörperwelt gegenüber ist noch nichts zu spüren.

I 6 *ungehabe:* eigentlich ›das Außersichsein vor Trauer‹.
9 *bickelspil:* das winterliche Würfelspiel der Dorfjugend in den Bauernstuben. Der Leiter des Bickelspiels (*bickelmeister*: vgl. Lied 13, I 9) verbleibt den ganzen Winter über in seiner Stellung.
IV 5 *bunkel:* eigentlich ›Schlag, Stoß‹, hier in übertragener Bedeutung.
8 *wart* = *wort.*
V 7 f. nach Wießner eine bestimmte Anordnung des Sängers, der das Aufgebot einleitet.
VI 1 *der man:* das Sänger-Ich meint sich vielleicht selber.
2 Sie muß tanzmäßig gekleidet sein! *unde:* hier = *under. kleinez röckel:* das zum Tanze geschürzte Röckchen.
6 *si* ist zu ergänzen, also wörtlich: »Da lasse sie es geschehen!«
7 *geuchel:* nach Wießner *anagallis arvensis* ›der rote Hühnerdarm‹, dem man Heil- und Zauberkräfte zuschrieb.
VII 7 ff. scherzhaft umständlich.

10. (Haupt-Wießner 38,9; ATB Winterlied 3.)

Dem ungewöhnlich wirklichkeitsnah und anschaulich einsetzenden Natureingang folgt des Sängers Aufgebot zum winterlichen Stubentanz, welches floskelhaft und daher nicht ohne parodistischen Zweck durch das beliebte Minnesangmotiv vom Rat der Freunde eingeleitet wird und in humorvolle, bewußt zweideutig endende Spötteleien über die modische Kopftracht der Frauen einmündet. Kräftiger im Ton und derber in der Schilderung der dörperlichrohen Wirklichkeit ist die präterital angeschlossene Streitszene der Bauern beim Tanz gehalten. Nach einem für Neidharts Winterlieder so bezeichnenden scharfen Einschnitt bringt die Schlußstrophe in launig und spaßhaft sich gebenden Formulierungen die persönlichen Sorgen des Sänger-Ichs zum Ausdruck, dabei die eigene ökonomische ›Unordnung‹ gleichwohl beziehungsreich mit den nur notdürftig geschlichteten bäuerlichen Turbulenzen verknüpfend.

I 4 *grüene:* als stehendes Beiwort gebraucht.
II 1 ff. besonders umständlich, um komisch zu wirken.
3 Der *daz*-Satz greift *rât* (1) auf.
III 4 *in zwein:* wohl *Jiute* und *Künegunt.*

6 *sicherheit:* Zusicherung, Zusage.

10 *binden:* das *gebende* befestigen.

IV 4 f. *rucken* und *decken:* Befehlsformen, zu beziehen auf *gebiete* (1).

6 Den Sinn könnte man so umschreiben: »Warum haben die Frauen Angst um ihren Kopf, daß sie ihn verwahren wie unter einem Kopfschutz (*tehtier*), dem dann freilich noch der entsprechende Nackenschutz (*collier*) fehlen würde?«

V 3 *riutel:* eigentlich ›Gerät am Pflug, um ihn von der Erde zu säubern‹.

7 Wörtlich: »sowohl ... als auch«.

8 *tratz:* Trotz (sei dir geboten!).

VII 3 *des vergaz ich:* d. h. daran konnte ich nicht mehr denken, dafür hatte ich keine Zeit mehr.

7 Oder: »Ich bin mir keiner Schuld gegen ihn bewußt.«

11. (Haupt-Wießner 40,1; ATB Winterlied 4.)

Das vielleicht bekannteste Winterlied Neidharts enthält die eingehendste Schilderung eines dörperlichen Wintertanzes, die wir besitzen. Sie ist in eine frische und lebhafte, vom Sänger arrangierte Handlung umgesetzt, deren Anschaulichkeit und Atmosphäre schaffende Gestaltung einen wirkungsvollen Höhepunkt in Neidharts Schaffen darstellt. Daß dem Lied der sonst übliche Natureingang fehlt, muß nicht der Ungunst der Überlieferung angelastet werden, sondern könnte auch angesichts der lustigen Bildhaftigkeit der Eingangsrede einem Geniestreich des Dichters zuzuschreiben sein. Neu und in der Folge immer stärker als Kontrastelement hervortretend sind die bewußt auf höfischer Stilebene sich bewegenden Minneklageverse von Strophe I. Breiten Raum nimmt nun auch der Dörperspott ein, der sich nach der Namenflut der vierten Strophe ungehemmt über den eitlen und zudringlichen Rivalen ergießt und die in der Sängerpose des hohen Herrn liegenden Möglichkeiten virtuos ausspielt.

I 1 Schmeichelnde Zurede des geliebten Bauernmädchens. Das scherzhafte Bild bedeutet soviel wie: »Fang mit deinem Gesang an, mein Schatz, und ich belohne dich nach Wunsch!«

II 5 *ridewanzen:* ›den *ridewanz* tanzen‹. Name und Herkunft des Tanzes sind nicht sicher erklärt.

III 9 Die Vortänzer dienten also zugleich als Vorsänger (vgl. II 9).

IV 9 *Holingaere:* nomen gentilicium, möglicherweise mit dem Ortsnamen Holling (bei Landshut) oder Halling (im Salzburgischen) in Verbindung zu bringen. Die Lesart *halingaere* ›Salinenarbeiter‹ würde gleichfalls ins Salzburgische weisen.

VI 5 Wörtlich: »Das Unternehmen wird ihm, meinem Urteil nach, Verlust bringen.«

12 Gemeint ist, es würde bei seiner Werbung nichts herauskommen. Vgl. Redensarten wie »das tut mir nicht im Auge weh« (Schwaben), »das will ich im Auge leiden« (Eifel) u. ä., die andeuten, daß man von einer Sache nichts bekommen hat. *hin ze Meinze* steht im Sinne einer großen Entfernung.

VII 12 *Hôhiu Siene:* die auf einem Berge gelegene Stadt Siena, staufisches Herrschaftszentrum in der Toskana.

12. (Haupt-Wießner 48,1; ATB Winterlied 9.)

Dieses Lied, dessen szenische Elemente (erfolgloser Griffelraub; Heueinbringen als Sommererinnerung) wie üblich episodisch bleiben, dessen vergleichsweise reichen Gesprächsanteile (Str. III und IV) dagegen zu den Ausnahmeerscheinungen des Winterliedtypus gehören, zeigt den werbenden Sänger in einer zwischen Erfolg und Mißerfolg changierenden Rolle, dem ein zwischen früherer Zuneigung, hinhaltender Abwehr und ablehnender Gleichgültigkeit schwankendes Verhalten des Bauernmädchens entspricht. Neidharts Originalität tritt nicht zuletzt in der wiederholten, stets neue Aspekte erschließenden terminologischen und sachlichen Kontrastierung von höfischer Illusion und milieubedingter Trivialität zutage.

I 4 Die Huld der Geliebten ließe ihn den Verlust beider Vorzüge der schönen Jahreszeit nicht merken.

5 eigentlich Relativsatz, von *ein wîp* (3) durch den Hauptsatz in 4 getrennt.

III 2 *ir rôtez glas:* der im Grunde wertlose gläserne Griffel.

4 *liupper:* vermutlich ein durch possenhafte Aussprache höhnendes *lieber*.

IV 3 Sprichwörtlich.

4 ff. *phant* (4) bezieht sich auf den geraubten Griffel. Es wird volkstümlichem Brauchtum entsprochen haben, daß der

männliche Teil – nur dieser (vgl. 5) – beim Einlösen eines solchen Pfandes das Recht auf Liebesgunst geltend machen konnte. Dem gewitzten Argument des Mädchens, daß man auch anders ans Ziel seiner Wünsche kommen könne (6), zumal wenn man füreinander vorbestimmt sei (3), ist das Sänger-Ich nicht gewachsen (7).

V 7 Die Übersetzung folgt der Deutung Wießners: *spâten* stn. ›Säumen‹, da das Schobern von Heu am späten Abend, wenn es vom Tau naß ist, allzu befremdlich wäre.

VII 7 So die sinngemäße Übertragung. Wörtlich: »Worte gelten da nichts, jeder Schlag gibt eine Beule.«

13. (Haupt-Wießner 49,10; ATB Winterlied 10.)

Gegenüber der das Genrehafte betonenden Schilderung der Bickelspielszene in Lied 9 treten hier Beschreibung und Verspottung des bäuerlichen Spielleiters und seiner dumm-anmaßenden Gegenstücke beim Tanz in den Vordergrund. Selbst dem Natureingang widmet der Sänger nur wenige Zeilen, um gleich seinen Verhöhnungen, Rachegelüsten und Drohungen freien Lauf zu lassen, und zwar in Ausdrücken, die umgangssprachlichen Wendungen entlehnt zu sein scheinen, z. T. aber auch das Würfelspielthema bildlich-metaphorisch wiederaufgreifen (Str. IV).

I 6 *herre:* ironisch.

7 nämlich beim Reigen.

11 *rûmegazze:* scherzhafte Bezeichnung des Schwertes. Der Sinn der Zeile ist: »Er trägt des Schwert in geckenhafter Weise hinten weit weggespreizt.«

II 3 f. Der *bickelmeister* überwacht die strenge Befolgung der Spielregeln, bis das Glockenzeichen der jeweiligen Partie ein Ende macht. *ir:* der Mädchen.

III 8 Sinn und Herkunft der mhd. Redensart sind nicht befriedigend erklärt.

11 *zwêne:* die in 5 und 6 Genannten. *weibelruote:* eigentlich ›die Rute des Gerichtsdieners‹, hier scherzhaft-ironisch für ›Schwert‹.

IV 4 *ecke:* ›Schwertschneide‹, wobei der Ausdruck zugleich mit der Bedeutung ›Ecke, Kante des Würfels‹ spielt.

8 *ein spil verbieten:* einem Gebot ein höheres entgegensetzen und es dadurch übertreffen.

10 d. h. die Hälfte bliebe auf dem Plan.

V 7 ironische Redensart.
VI 3 *ez einem in trenken:* es einem eintränken.
10 *under vieren:* noch nicht überzeugend gedeutet. Vermutlich steht *vier* formelhaft für ›so mancher‹.
11 *umberieren:* der Abfall.

14. (Haupt-Wießner 55,19; ATB Winterlied 14.)

Die eigenartige Verknüpfung von Dörpersatire und höfischer Minneklage, das in die als Vordergrund inszenierte Dörperwelt eingeblendete Minnesang-›Zitat‹ und der gewollte jähe Bruch zwischen der der *vrouwe* geltenden hohen Stilebene und den der Bauernkonkurrenz zugedachten derben Tönen geben diesem Lied sein charakteristisches Gepräge. Im einzelnen entsprechen Thematik, Rollenverteilung, Monologform und Sprachgestaltung weitgehend den Konstituenten des voll ausgereiften, typischen Winterliedschemas. Daß das vom Ritter-Ich umworbene Dorfmädchen einen Namen trägt, ist Ausnahme wie in Lied 11.

I 6 bezieht sich auf 2.
10 ff. Der Sänger schildert offensichtlich einen Tanz.
14 ironische Verkehrung einer geläufigen mhd. Redensart, die besonders komisch wirkt, da mit *bône* gewöhnlich etwas ganz Wertloses oder Geringes umschrieben wird.
II 6 *kepelîsen:* spöttische Bezeichnung für das ›Schwert eines Bauern‹. Der erste Bestandteil des Kompositums ist nicht sicher erklärt. Vielleicht ›Klirreisen‹, weil der Griff bei jeder Bewegung klirrt?
III 1–5 Die komplizierte mhd. Konstruktion ist im Nhd. nicht mehr möglich und muß daher aufgelöst werden.
IV 5 *gewuoc:* Prät. von *gewahen* stv. ›erwähnen, gedenken‹.
V 1 *gehellen:* zusammenklingen, einhellig sein.
VI 6 *daz* weist zurück auf 1.

15. (Haupt-Wießner 62,34; ATB Winterlied 19.)

Minne- und Dörperthema sind auch in diesem empfindungsecht wirkenden, insgesamt weniger aggressive Töne anschlagenden Lied eng und beziehungsreich miteinander verbunden. Seine Besonderheit liegt in der Problematisierung des Minnedilemmas als Minnesangdilemma im Kontext der typischen Winterliedkonstellation. Die

Klarheit der Gedankenführung, die weiten syntaktischen Bögen, die neuartige Erprobung traditioneller Sprach-, Denk- und Fragemuster und die vollendete formale Struktur zeigen Neidhart auf der Höhe seiner Kunst.

I 3 Die Linde hat im Spätherbst ihr schattenspendendes Laub verloren.

II 6 Unsere mhd. Textfassung weicht hier von der zugrunde liegenden ATB-Ausgabe ab, da das in der 2. Auflage aus Versehen verloren gegangene Wort *leider* wieder aufgenommen werden mußte; entsprechende Korrektur inzwischen auch in der 3. ATB-Auflage.

IV 1 *geuden* = *giuden* swv. ›prahlen, großtun‹.

3 *im* bezieht sich offensichtlich auf einen der III 10 Genannten.

9 *diech:* eigentlich ›Oberschenkel‹.

VI 4 nämlich bei der Geliebten.

16. (Haupt-Wießner 75,15; ATB Winterlied 25.)

Der auf drei Strophen ausgedehnte, den Kampf zwischen Sommer und Winter darstellende Natureingang dieses Liedes gehört zu den ausführlichsten und bemerkenswertesten Beispielen seiner Art, ausgezeichnet auch dadurch, daß bereits im Winterbild Aggression und Mißgunst der bäuerlichen Kontrahenten vorgeprägt sind. Überhaupt ist besondere Sorgfalt der Strophenverknüpfung und den Übergängen vom Natureingang zur Minneklage, von da zum Dörperthema und zur persönlichen Reflexion gewidmet. Wie in Lied 14 spielt Neidhart auf Engelmars Spiegelraub an, auf ein Ereignis, das zwar nie direkt erzählt wird, als Symbol für die unaufhaltsame Auflösung der hergebrachten Ordnung und den bedrohlichen Einbruch des Dörperlichen in die ritterliche Welt aber immer wieder in den reifen und späten Winterliedern auftaucht.

II 10 So Wießner nach Benecke-Müller-Zarncke. Eigentlich: »Der Reif spaltete den Raub nicht, er las weder aus noch brach er etwas ab.« *klieben:* spalten.

12 mhd. Relativsatz.

III 15 Die in den Brauen haftenden Schneeflocken lassen das Haar grau erscheinen.

IV 15 mhd. zwei Folgesätze.

V 3 *ir alle:* die Verehrer des Dichters.

VI 1 *geugewete:* eine Konjektur Haupts, ›Gaugenosse‹.

2 im Werte eines Relativsatzes; Königstetten liegt im Tullner Feld nordwestlich von Wien.
8 nämlich der beiden, die mit der Liebsten flüstern.
VII 6 Die Zahlenangabe ist vermutlich rein formelhaft.
9–11 mhd. drei Relativsätze.
15 Wörtlich: »der Herzenskönigin eines von ihnen«.

17. (Haupt-Wießner 85,6; ATB Winterlied 29.)

Die Zeit- und Verfallsklage, das eigentliche Thema des Liedes, ist in den die übliche Minneklage aussparenden Eingangsstrophen (deren dritte früherer Textkritik als das Werk eines Nachdichters galt) eigentümlich verbunden mit dem Preis auf den Wiener Hof Friedrichs des Streitbaren, der als letztes Refugium für die personifizierte Frau Vrômuot erscheint. Nach unvermitteltem Übergang zwischen Strophe IV und V konkretisiert sich die Klage in der Beschreibung Hildemars. Haube und Ringellocken, die Kennzeichen des frech über seinen Stand hinausstrebenden Bauern, haben als Vorbild für das Märe vom Helmbrecht bedeutsam weitergewirkt.

II 7 Herzog Friedrich II. von Österreich (1230–1246), dessen Name hier in wortspielerische Beziehung zu *vreuden rîch* (5) gebracht ist.
IV 5 Ein solcher Name ist auch urkundlich nachgewiesen.
V 3 Tulln: Stadt an der Donau, etwa 30 km flußaufwärts von Wien.
7 Die Zeile ist auf *alle* (5) zu beziehen, also wörtlich: »(sie sind) in diesem Jahr dümmer als im vorigen«.
VII 8 *strûben:* eigentlich ›struppig sein‹.
VIII 5 f. Wörtlich: »Solchen Kauf für solche Bezahlung soll niemand ablehnen«, d. h. jeder Bauer, der gegen die Standesordnung verstößt, muß sich auf eine entsprechend scharfe Reaktion von seiten der Hofleute gefaßt machen.

18. (Haupt-Wießner 82,3; ATB Winterlied 28.)

Das umfangreiche, im Bestand seiner Strophen und in der Frage ihres Zusammenhangs unterschiedlich bewertbare Lied eröffnet die Gruppe der sogenannten *Werltsüeze*-Lieder Neidharts, die den Winterliedtyp unter Rückgriff auf das literarische Muster der Weltabsagelieder (Walther) abwandeln. In ihnen setzt sich der Dichter in

der durch die Situation des biographischen Ichs begründeten Altersrolle in leidenschaftlichem Ernst mit der Welt auseinander und sagt sich enttäuscht und resigniert von ihr los. Dem typischen Winterliedeingang – allgemeine Winterklage und persönliche Minneklage (Str. I) – folgt ein verblüffend hart einsetzendes, erbarmungslos kritisierendes und anklagendes Scheltlied. Ohne erkennbaren Übergang schließen sich zwei Dörperstrophen (VIII und IX) an, die in spöttisch-ironischem Ton die von herzoglicher Seite geförderten bäuerlichen Kriegsdienstleistungen anprangern. Die bildhafte, wiederum ganz selbständige Schlußstrophe ist als eine an Herzog Friedrich gerichtete Bitte um Freigebigkeit zu verstehen.

I 3 *scherpfer* ist Komparativ, *sô swinder* Positiv.

8 *wirser danne guot:* wörtlich »eher schlimm als gut«.

II 8 *dise rede:* nämlich I 4–II 5.

III 11 ff. Sprichwörtlich. *wol berihtet:* eigentlich ›gut ausgestattet‹.

IV 6 formelhaft für ›jeder‹.

V 9 ff. »Im Banne der Frau Welt sind die Männer sündhaft, die Frauen daher unglücklich« (Haupt).

VI 3 *ze hôhem prîse* ist Gegensatz zu *künstelôs* (9) und bezieht sich auf Sprache und metrisch-musikalischen Bau der Lieder.

11 *ze terze noch ze prîme* ließe sich auch im Sinne von ›weder einstimmig noch zweistimmig‹ deuten, doch fehlen immer noch sichere Beweise, zumal musikhistorische, für eine solche Auffassung.

VII 10 d. h. sie ist eine allegorische Gestalt.

VIII 1 *ureliuge:* eigentlich ›Fehde‹, und zwar mit den Bauern.

4 Herzog Friedrich II. von Österreich, der bei seinen Truppenaushebungen für den Krieg mit Ungarn und Böhmen auch auf den Bauernstand zurückgriff.

IX 8 d. h.: da er jetzt Kriegsmann ist, ist es mit seinem Vortanzen endgültig vorbei. Rust und Michelhausen (11) liegen am rechten Ufer der Perschling (*Perscnicke* 11) im Tullner Feld.

19. (Haupt-Wießner 86,31; ATB Winterlied 30.)

Die Zeitklage und Weltabsage in diesem Lied sind Ausdruck der bußfertigen Stimmung des in der Altersrolle singenden Dichters, seiner inneren Not und der ihn beherrschenden Angst um sein Seelenheil. Gemäß dem aus der eingenommenen Rollenposition

hergeleiteten religiösen Werthorizont gipfelt die Abrechnung mit seiner Herrin Frau Welt daher konsequent im Gebet zu Gott. Daß nach dieser ergreifenden Bitte um göttlichen Beistand wiederum das alte Dörperthema angeschlagen wird (man beachte allerdings, wie die Initiative geschickt der Zuhörerschaft zugeschoben ist), entspricht ganz dem die unaufgelöste Dissonanz, den im Welttreiben durch irdisch-menschliche Unzulänglichkeit vorgegebenen Kontrast suchenden Grundzug der Neidhartschen Dichtung.

I 10 *unverendet:* eigentlich ›nicht beendigt, unausgeführt‹, d. h. die Klage über den winterlichen Verfall der Natur muß unabwendbar wiederkehren, im Gegensatz zur besonderen Klage des Dichters (II 1 ff.), bei der es noch die Möglichkeit zur *bezzerunge* gibt.

II 5 Sprichwörtlich.

6 *kurzen:* ›kurz werden‹, also wörtlich: »meine Jahre werden kurz«.

III 2 *mîn vrouwe:* Frau Welt.

3 *verzîhen:* ›lossagen‹.

9 *der:* ›deren‹, Gen. Sg. bezogen auf *sêle* (6).

VII 4 *man:* vielleicht verschleiernd für *ir.*

IX 4 *ellenclîch* = *allecliche* ›alle ohne Ausnahme‹.

5 Traisen: linker Nebenfluß der Donau, der im Tullner Feld mündet.

6 *Süezel:* Kosewort.

8 *tschoye* = frz. *joie.*

10 *turloye:* vermutlich eine besondere Reigenart.

20. (Haupt-Wießner 95,6; ATB Winterlied 34.)

Der dritte *Werltsüeze*-Ton zeigt noch einmal die für Neidharts Winterlieder so charakteristische Verschiedenartigkeit der einzelnen Bestandteile und damit zugleich den festen Kreis von Vorstellungen, in dem sich der alte Dichter bewegt. Zeit- und Weltklage erhalten durch den Vergleich mit der glücklicheren Vergangenheit eine zusätzliche Perspektive. Die Allegorie der Weltfreude verfließt schließlich mit der Gestalt der Frau Minne, über die der Sänger in den beiden (von manchen Beurteilern als selbständiges Lied aufgefaßten) Schlußstrophen eine freche Zote reißt: ein im Grunde tiefernster Ausdruck bitterster Resignation, der sich jedoch vordergründig nach wie vor auch im Rahmen der Neidhartschen Spaßmacher-Rolle hält.

I 2 *ze disen zîten* könnte sich auch auf die hereingebrochene winterliche Zeit beziehen.

II 1 *mîner vrouwen:* Frau Welt; ebenso III 1.

III 6–9 Nach dem Gleichnis von den Arbeitern im Weinberg (Matth. 20): »Glücklich, wer auf der Höhe des Lebens für sein Seelenheil vorsorgt, so daß er am Lebensabend gerüstet dasteht« (Wießner).

IV 9 Sprichwörtlich.

VI 6 *krumber reie:* offenbar eine besonders ausgelassen getanzte Reigenart.

VII 1 *Er:* Willekind.

2 f. spöttisch-ironische Schilderung seiner Tanzhaltung.

5 Atzenbruck liegt am linken Ufer der Perschling nördlich von Michelhausen.

VIII 5 *riutelstap:* ›Pflugreute‹, Stab zum Beseitigen der sich an das Pflugbrett hängenden Erde. Weil die Minne ihre Gunst dem Bauernknecht, nicht dem Ritter schenkt, stattet sie Neidhart mit dem bäuerlichen Reutelstab als Zeichen ihrer Macht und Würde aus.

IX 6–9 Der Folgesatz in 9 schließt sich an zwei nebengeordnete Hauptsätze (6a und 7) an, denen jeweils ein Relativsatz im Werte eines Bedingungssatzes (6b und 8) untergeordnet ist.

Melodien

Mittelhochdeutsche Lyrik ist Sangverslyrik, keine Sprechdichtung. Wort und Ton bilden in ihr eine selbstverständliche Einheit. Die von Anfang an allein für das Ohr, d. h. den gesanglichen Vortrag, bestimmten Verse erhalten erst durch die Singstimme ihre eigentliche Form. Leider erlaubt uns die meist melodielose Überlieferung des frühen und hochhöfischen Minnesangs nur in wenigen Fällen nähere Einblicke in Wesen und Struktur jenes charakteristischen textlich-musikalischen Zusammenhangs. Unter Neidharts Namen sind uns jedoch in 5 Handschriften insgesamt 56 Singweisen erhalten, ein kostbarer Schatz angesichts der so spärlichen Musiküberlieferung zur mittelalterlichen deutschen Lyrik. Allerdings gehören nur 17 Melodien zu von der Forschung als echt anerkannten Texten. Zudem erfolgte die überwiegende Mehrzahl der Aufzeichnungen erst 200 Jahre nach Neidharts Tod, und den Kopisten lassen sich denn auch mancherlei Ungereimtheiten und Versehen nachweisen. Obwohl die unheilbaren Mängel der Überlieferung es nicht erlauben, den authentischen Melodiestil Neidharts mit Sicherheit zu rekonstruieren, legen melodiekritische Bemühungen, insbesondere die Vergleiche paralleler Fassungen, die Vermutung nahe, daß der originale Melodieumriß im wesentlichen bewahrt worden sein dürfte.

Der ausgeprägte Tanzliedcharakter und der den Weisen innewohnende derb-vitale Grundton verraten deutlich den Bruch mit der höfischen Tradition auch im Musikalischen. Die Melodik neigt zu kurzgliedrigen Motiven und deren häufiger Wiederholung, während sich in tonaler Hinsicht Durähnliches mit kirchentonartlichen Elementen eigentümlich verbindet. Den syllabischen Gang unterbrechende Melismen sind offensichtlich unbeliebt und treten meist nur am Zeilenende auf. Alles deutet auf einen straffen Tanzrhythmus, d. h., das in der mittelalterlichen Liedkunst sonst so komplizierte Rhythmisierungsproblem läßt

sich hier auf die Frage nach geradem oder ungeradem Takt reduzieren.

Die folgenden Übertragungen der zu den Liedern 4, 7, 10, 11, 13, 16, 18, 19 und 20 erhaltenen Melodien sind im Dreiertakt vorgenommen, der im Gegensatz zur üblichen rhythmuslosen Notierung der Handschriften für Lied 7 durch die überlieferte mensurierte Fassung ausdrücklich bezeugt ist. Da seine ausschließliche Geltung für Neidhart aber nicht beweisbar ist, steht es grundsätzlich frei, die hier gewählte Taktart zu ändern und die Lieder auch im Zweiertakt zu singen. Die melodische und rhythmische Gestalt der Übertragungen im einzelnen ist unter Berücksichtigung des Textes aller Strophen und der jeweiligen jüngeren Sprachformen in den Melodiehandschriften hergestellt worden. Dabei sind erkennbare Notations- und Überlieferungsfehler, soweit möglich, analogisch gebessert worden. Während bei Lied 16 die beiden überlieferten Fassungen sich wechselseitig korrigieren, weichen im Falle von Lied 11 die beiden erhaltenen Melodiefassungen so erheblich voneinander ab, daß die Wiedergewinnung eines ›Originals‹ unmöglich ist. Es kommt daher nur die ältere Version des Frankfurter Fragmentes aus dem Anfang des 14. Jahrhunderts, der überhaupt ältesten musikalischen Neidhart-Quelle, zum Abdruck.

Für den praktischen Vortrag der Lieder dürfte sich ein lebhaftes, keineswegs schleppendes Tempo empfehlen. Dehnungen sollten sich nach Möglichkeit auf die den Reimen zugeordneten Kadenztöne beschränken, was einen entsprechend freien Umgang mit den am Zeilenende gesetzten Pausen-, aber auch allen übrigen Notenzeitwerten legitimiert. Zur unisonen, oktavierten oder frei improvisierten Begleitung können, wie im Mittelalter, Streich-, Zupf-, Blas- oder Schlaginstrumente nach Wahl und je nach den gegebenen Verhältnissen hinzugezogen werden, sofern sie die allein wichtige Singstimme und den ihr anvertrauten Text nicht zu übertönen drohen.

4

1. Ine ge - sach die hei - de 2. nie baz ge -
stalt, 3. in lieh - ter ou - gen - wei - de 4. den
grüe - nen walt: 5. bî den bei - den
kie - se wir den mei - en. 6. ir mägdę, ir
sult iuch zwei - - en, 7. gein dir - re
lieh - ten su - mer - zît in hô - hem
muo - te rei - - - en.

7

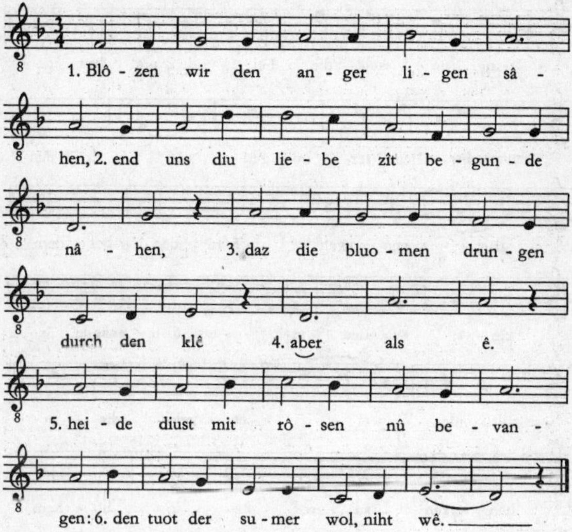
1. Blô - zen wir den an - ger li - gen sâ -
hen, 2. end uns diu lie - be zît be - gun - de
nâ - hen, 3. daz die bluo - men drun - gen
durch den klê 4. aber als ê.
5. hei - de diust mit rô - sen nû be - van -
gen: 6. den tuot der su - mer wol, niht wê.

10

1. Kint, be - rei - tet iuch der sli - ten
4. man - ger grüe - nen lin - den stênt ir
ûf daz îs! 2. da ist der lei - de win - der
tol - den grîs; 5. un - be - sun - gen ist der
kalt: 3. der hât uns der wün - nec - lî - chen
walt: 6. daz ist al - lez von des rî - fen
bluo - men vil be - no - men.
un - ge - nâ - den ko - men.
7. mugt ir schou - wen, wie er hât die
heide er - zo - gen? 8. diust von sî - nen
schul - den val. 9. dar zuo sint die
nah - ti - gal 10. alle ir wec ge - vlo - gen.

11

1. „Sinc an, gul - dîn huon! ich gibe dir
5. al - sô vreut den tum - ben guot ge -
wei - - ze“, 2. (schie - re dô
hei - - ze 6. durch daz jâr.
3. wart ich vrô) 4. sprach si, nâch der
7. würdẹ ez wâr, 8. sô ge - stuont nie
hul - den ich dâ sin - - ge:
man - nes muot sô rin - - ge,
9. al - sô mir der mî - ne dan - ne
wac - - re. 10. mac si durch ir
gei - li - cheit 11. mî - niu leit 12. wen - den?
ja ist mîn kum - ber kla - ge - bae - - re.

13

1. Dô der lie - be sum - mer 2. u - re - loup ge - nam, 3. dô muo - se man der tän - ze 4. ûfm an - ger gar ver - phle - gen.
5. des ge - wan sît kum - mer 6. der her - re Gun - de - ram: 7. der muosẹ ouch sîn ge - strän - ze 8. dô lâ - zen un - der we - gen.
9. der ist bi - ckel - mei - ster di - sen win - der: 10. oe - der gouch ist in dem lan - de nin - der, 11. sîn rû - me - gaz - ze ka - phet zal - len zî - ten wol hin hin - der.

1. O - wê, su - mer - zît, 2. daz dir nie - men
7. er ist dir ge - haz, 8. ich en - weiz niht,
hil - fe gît! 3. waz dir haz - zes
um - be waz. 9. sît er dî - nen
un - de nît 4. aber ûf dî - nem
stuol be - saz, 10. sel - ten er des
ru - cke lît, 5. ê der win - der sî - nen
ie ver - gaz, 11. er - ne twunge ie vü - re -
strît 6. an dir gar vol - ende, als
baz. 12. sîn ge - walt wol tû - sent
im sîn wil - le gegen dir stât!
el - len vür den dî - nen gât.
13. er hât in diu lant 14. dir ze scha - den
her ge - sant 15. al - lez sîn ge - sin - de,
daz dich rou - bet of - fen - lî - che
mit ge - wal - tic - lî - cher hant.

18

1. Si kla - gent, daz der win - der 2. koe - me
5. sist wi - der mich ze stren - ge. 6. got ir
nie vor man - ger zît 3. scher-pfer noch sô
un - ge - nâ - den niht 7. im - mer gar ver -
swin - der: 4. sô klag ich: mîn vrou - we
hen - ge 8. nâch ir wil - len ü - ber
diust noch her - tic - lîch ge - muot;
mich! sist wir - ser dan - ne guot.
9. ich hân mî - niu jâr 10. ir ge - die - net
â - ne mâ - ze. 11. nie - men sol mir
wî - zen, ob ich mî - ne vrou - wen lâ -
ze: 12. dâ vindẹ ich lie - bes lô - nes
niht als grôz als umbẹ ein hâr.

19

1. Al - lez, daz den su - mer her mit vreu - den
4. gar ver - dor - ben sint die bluo - men un - de
was, 2. daz be - gin - net trû - ren
gras. 5. schou - wet, waz des kal - ten
gein der win - der - lan - gen swae - ren
rî - fen o - ben ûf dem wal - de
zît. 3. san - ges sint diu vo - ge -
lît! 6. ez ist wol von sî - nen
lîn ge - swi - gen ü - ber al.
schul - den, ist diu hei - de val.
7. daz ist ein ge - mei - niu kla - ge,
8. diu mich vröu - den wen - det: 9. daz ist an
mî - nem le - sten ta - ge
10. lei - der un - ver - en - det.

20

1. Su - mers und des win - ders bei - der vî - ent -
4. er ist hie mit ei - ner un - ge - vüe - gen
schaft 2. kan ze di - sen zî - ten nie - men
kraft; 5. er - ne hât dem wal - de lou - bes
un - der - stân. 3. win - der der ist a - ber
niht ver - lân 6. und der heidẹ ir bluo - men
hiwer mit sî - nen vriun - den ko - men:
undẹ ir lieh - ten schîn be - no - men.
7. sîn un - senf - ti - keit 8. ist ze scha - den
uns be - reit. 9. sît in iu - wer
huotẹ! er hât uns al - len wi - der - seit.

Literaturhinweise

Neidharts Lieder. Hrsg. von Moriz Haupt. 2. Aufl. neu bearb. von Edmund Wießner. Leipzig 1923.

Die Lieder Neidharts. Hrsg. von Edmund Wießner. 2. Aufl. revid. von Hanns Fischer. Tübingen 1963. 3. Aufl. revid. von Hanns Fischer. Tübingen 1968. (Altdeutsche Textbibliothek. 44.)

Siegfried Beyschlag: Die Lieder Neidharts. Der Textbestand der Pergament-Handschriften und die Melodien. Text und Übertragung, Einführung und Worterklärungen, Konkordanz. Edition der Melodien von Horst Brunner. Darmstadt 1975.

Edmund Wießner: Vollständiges Wörterbuch zu Neidharts Liedern. Leipzig 1954.

Edmund Wießner: Kommentar zu Neidharts Liedern. Leipzig 1954.

Eckehard Simon: Neidhart von Reuental. Geschichte der Forschung und Bibliographie. The Hague / Paris 1968. (Harvard Germanic Studies. 4.)

Helmut de Boor: Die höfische Literatur. Vorbereitung, Blüte, Ausklang. München ^{7}1966. (Geschichte der deutschen Literatur von den Anfängen bis zur Gegenwart. 2.) S. 359–370.

Karl Bertau: Deutsche Literatur im europäischen Mittelalter. Bd. 2: 1195–1220. München 1973. S. 1026–1055.

Richard Alewyn: Naturalismus bei Neidhart von Reuental. In: Zeitschrift für deutsche Philologie 56 (1931) S. 37–69.

Walter Weidmann: Studien zur Entwicklung von Neidharts Lyrik. Basel 1947. (Basler Studien zur deutschen Sprache und Literatur. 5.)

Karl Bertau: Stil und Klage beim späten Neidhart. In: Der Deutschunterricht 19/2 (1967) S. 76–97.

Dietrich Boueke: Materialien zur Neidhart-Überlieferung. München 1967. (Münchener Texte und Untersuchungen zur deutschen Literatur des Mittelalters. 16.)

Ulrich Gaier: Satire. Studien zu Neidhart, Wittenwiler, Brant und zur satirischen Schreibart. Tübingen 1967.

Heinz Thoelen: Neidhart. Der Dichter und sein Publikum. Diss. Köln 1969.

Heinz-Dieter Kivernagel: Die Werltsüeze-Lieder Neidharts. Diss. Köln 1970.
Karl Bertau: Neidharts »Bayrische Lieder« und Wolframs »Willehalm«. In: Zeitschrift für deutsches Altertum 100 (1971) S. 296 bis 324.
Michael Titzmann: Die Umstrukturierung des Minnesang-Sprachsystems zum ›offenen‹ System bei Neidhart. In: Deutsche Vierteljahrsschrift für Literaturwissenschaft und Geistesgeschichte 45 (1971) S. 481–514.
Peter Bründl: Minne und Recht bei Neidhart. Interpretationen zur Neidhartüberlieferung. Diss. München 1972.
Jutta Goheen: Natur- und Menschenbild in der Lyrik Neidharts. In: Beiträge zur Geschichte der deutschen Sprache und Literatur 94 (Tübingen 1972) S. 348–378.
Dieter Lendle: Typus und Variation. Untersuchungen zu den Liedern Neidharts von Reuental. Diss. Freiburg 1972.
Kurt Ruh: Neidharts Lieder. Eine Beschreibung des Typus. In: Studien zur deutschen Literatur und Sprache des Mittelalters. Festschrift für Hugo Moser. Hrsg. von W. Besch [u. a.]. Berlin [West] 1974. S. 151–168.
Eckehard Simon: Neidhart von Reuental. Boston 1975. (Twayne's World Authors Series. 364.)
Bruno Fritsch: Die erotischen Motive in den Liedern Neidharts. Göppingen 1976. (Göppinger Arbeiten zur Germanistik. 189.)
Christa Ortmann / Hedda Ragotzky / Christelrose Rischer: Literarisches Handeln als Medium kultureller Selbstdeutung am Beispiel von Neidharts Liedern. In: Internationales Archiv für Sozialgeschichte der deutschen Literatur 1 (1976) S. 1–29.
Jürgen Schneider: Studien zur Thematik und Struktur der Lieder Neidharts. Göppingen 1976. (Göppinger Arbeiten zur Germanistik. 196/7.)
Ursula Schulze: Zur Frage des Realitätsbezuges bei Neidhart. In: Österreichische Literatur zur Zeit der Babenberger. Hrsg. von A. Ebenbauer [u. a.]. Wien 1977. S. 197–217.
Christelrose Rischer: Zum Verhältnis von literarischer und sozialer Rolle in den Liedern Neidharts. In: Deutsche Literatur im Mittelalter. Hugo Kuhn zum Gedenken. Hrsg. von C. Cormeau. Stuttgart 1979. S. 184–210.
Hildegard Janssen: Das sogenannte »genre objectif«. Zum Problem mittelalterlicher literarischer Gattungen dargestellt an den Sommerliedern Neidharts. Göppingen 1980. (Göppinger Arbeiten zur Germanistik. 281.)

Petra Giloy-Hirtz: Deformation des Minnesangs. Wandel literarischer Kommunikation und gesellschaftlicher Funktionsverlust in Neidharts Liedern. Heidelberg 1982. (Beihefte zum Euphorion. 19.)

Neidhart von Reuental. Aspekte einer Neubewertung. Hrsg. von H. Birkhan. Wien 1983.

Neidhart. Hrsg. von H. Brunner. Darmstadt 1986. (Wege der Forschung. 556.)

Günther Schweikle: Neidhart. Stuttgart 1989. (Sammlung Metzler. 253.)

Lieder von Neidhart (von Reuental). Bearb. von Wolfgang Schmieder. Wien 1930. Nachdr. Graz 1960. (Denkmäler der Tonkunst in Österreich. 37/1.)

A. T. Hatto / R. J. Taylor: The Songs of Neidhart von Reuental. 17 Summer and Winter Songs Set to their Original Melodies with Translations and a Musical and Metrical Canon. Manchester 1958.

Ernst Rohloff: Neidharts Sangweisen. 2 Tle. Berlin [Ost] 1962. (Abhandlungen der Sächsischen Akademie der Wissenschaften. Phil.-hist. Klasse. 52/3–4.)

Horst Brunner: Edition der Melodien. In: Siegfried Beyschlag: Die Lieder Neidharts.

Dieter Kühn: Herr Neidhart. Frankfurt a. M. 1981.

Nachwort

Neidhart von Reuental gehört zu den großen Neuerern in unserer Literaturgeschichte. Seine reiche, eigenwillige Lieddichtung hat der mittelhochdeutschen Lyrik frische, lange nachwirkende Impulse gegeben und ihr eine neue Bahn gebrochen, zu einer Zeit, da der durch die dichterische Leistung von Morungen, Reinmar und Walther zur letzten erreichbaren Höhe geführte Minnesang in seinen künstlerischen Möglichkeiten nahezu erschöpft schien, als verfügbar gewordenes Schema allenfalls abwandelnde Repetitionen erwarten ließ oder in bloßer Kunstfertigkeit zu erstarren drohte. Auch Walther hatte sich schon mit seinen Mädchenliedern aus dem engeren Formkreis des hohen Sanges Reinmarscher Prägung gelöst. Doch sein Lebensboden war stets die höfische Welt und die Verpflichtung zu dem ihr eigenen, selbstgesetzten Ethos geblieben. Die von Walther lyrisch durchgespielten Neuerungen eröffneten der literarisch-gesellschaftlichen Erotik zwar zusätzliche Perspektiven, versetzten darum auch die eine oder andere vorgegebene Spielregel, zielten jedoch nie auf eine prinzipielle Veränderung des Minnesangsystems ab.

An eine solche Verbindlichkeit und Tragfähigkeit der literarischen Konvention vermochte der um kaum eine Generation jüngere Neidhart nicht mehr zu glauben. Seine Dichtung bricht mit der minnelyrischen Tradition, ihren gattungsstiftenden Strukturen und Motiven mit einer Entschiedenheit, die um so provokativer in Erscheinung tritt, als der Traditionszusammenhang, dem sie naturgemäß verhaftet bleibt, permanent erinnert wird und als stetiger Bezugspunkt und Hintergrund fungiert. Konstitutives Signum des Bruchs ist die Transponierung der Grundsituation des höfischen Minnesangs in ein anderes soziales Milieu. Indem Neidhart seine Lieder dem dörflichen Bereich und, damit zusammenhängend, neuen Sprachschichten und einer Fülle gegenständlicher Details öffnet, bringt er zugleich

triebhafte Erotik und derbes Freudeverlangen, Bäurisch-Ungeschlachtes und Grob-Komisches, d. h. alle die Elemente, die man seit dem Mittelalter mit dem Etikett des Dörperlichen zu bezeichnen pflegt, erstmals in die bis dahin so eng umgrenzte Welt des höfischen Sanges ein. Entgegen den vertrauten literarischen Mustern stoßen daher höfische Illusion und triviale Alltäglichkeit, hochstilisierter Minnekult und ungehemmtes Begehren immer wieder bewußt und gewollt hart aufeinander. So wird Neidharts Lied auch zum vielseitig wirkenden, oftmals doppelbödigen Gefäß für Spott und Ironie, Travestie und Satire.
Der besondere Rang und das eigenartig Zwiespältige des Neidhartschen Werkes haben die Forschung seit über einem Jahrhundert lebhaft beschäftigt, ohne daß alle Rätsel auch nur annähernd gelöst worden wären. Was wir von seinem Leben zu wissen glauben, ist nicht anders als bei den meisten Lyrikern der Zeit allein aus den Liedtexten herausgelesen, bleibt wegen des mehrschichtigen Rollenspiels des Neidhartschen Sänger-Ichs und der eigentümlichen Verschränkung von fiktionalen und realitätsanalogen Einzelzügen im Detail jedoch durchaus unsicher. Die Schwierigkeiten beginnen bereits bei dem Namen des Dichters. Während die Zeitgenossen und Nachfahren ihn ausschließlich als *hern Nîthart* kennen, nennt er sich selbst in einer offenbar zeitliche Priorität beanspruchenden Liedgruppe nur nach seinem Wohnsitz *Riuwental*. Dabei ist fraglich, ob eine wirkliche Ortsangabe (die in Bayern tatsächlich nachweisbar ist) oder ein allegorisch aufzufassender Scherz (›Trauertal‹) dahintersteckt. Möglicherweise trifft beides zu. Im übrigen sprechen alle Anzeichen für die Annahme bayrischer Herkunft, vielleicht aus dem Alpenvorland im Raume Salzburg, und einer ritterlichen Existenz an der unteren Grenze des gerade noch Standesgemäßen.
Neidhart könnte zwischen 1180 und 1190 geboren sein, da sich nach Anspielungen in Wolframs *Willehalm* und einem Walther-Lied die Zeit seines dichterischen Auftretens auf etwa 1210 datieren läßt und die politischen Anspielungen in

seinen eigenen Liedern bis in die späten dreißiger Jahre des 13. Jahrhunderts reichen. Wenn er an dem Kreuzzug, von dem er in zwei Liedern spricht, persönlich teilgenommen hat, dann an dem von 1217–21, und zwar von Bayern aus, wo er zumindest zeitweise in Beziehungen zum Landshuter Hof gestanden haben wird. Um oder nach 1230 hat er aus im einzelnen undurchschaubar bleibenden Gründen, am ehesten doch wohl in Zusammenhang mit der mutmaßlichen Eintrübung seines Verhältnisses zum bayrischen Herzogshof, seine Heimat verlassen und neue Gönnerschaft in Österreich bei Friedrich dem Streitbaren gefunden, d. h. in einer für die damalige Lied-Moderne besonders aufgeschlossenen Umgebung. Ein (wie auch immer geartetes) Lehen, zunächst in Mödling bei Wien, später im Tullner Feld, könnte, wenn wir die entsprechenden Selbstaussagen recht deuten, des Dichters Alterssitz gewesen sein. Im fünften Jahrzehnt des 13. Jahrhunderts dürfte er mit an Sicherheit grenzender Wahrscheinlichkeit nicht mehr gelebt haben.

Neidharts Lieder haben sich das ganze Mittelalter hindurch außerordentlicher Beliebtheit erfreut. Für ihre weite Verbreitung zeugen zahlreiche Handschriften unterschiedlichster Provenienz aus dem 13. bis 15. Jahrhundert; selbst in Drucken des 16. Jahrhunderts begegnen noch Strophen von ihm. Eigentliches Überlieferungsspezifikum ist indes weniger der quantitative Befund als vielmehr der in ihm greifbar werdende literarische Prozeßcharakter. Im Gegensatz zu dem der Konvention folgenden Minnesang haben Wesen und Art Neidhartschen Lieddichtens nie ihre Aktualität eingebüßt, sondern wirkten produktiv weiter, gaben Veranlassung zu immer neuen Um- und Anverwandlungen (auch in anderen Literaturgattungen) und reizten vor allem zu Fortsetzungen, Imitationen und Nachahmungen verschiedenster Qualitätsabstufungen. Unter die echten Dichtungen hat sich daher schon sehr früh eine wahre Flut von Pseudogut gemischt, das im Verlaufe des späten Mittelalters in demselben Maße zunahm, wie Neidhart als Bauernfeind par excellence zum Mythos seiner selbst wurde und man sein Leben mit konkre-

teren, durchweg legenden- und schwankhaft geprägten Zügen auszuschmücken beliebte. Der Aussonderung des Pseudoguts bzw. der Bestimmung des Echten kommt infolgedessen wie bei kaum einem anderen mittelalterlichen deutschen Dichter entscheidende Bedeutung zu, auch wenn Fragestellung und Blickrichtung der Forschung inzwischen nicht mehr allein und einseitig auf die Rückgewinnung eindeutig festlegbarer Originalversionen fixiert sind. Daß das Echtheitsproblem, von dem nicht nur ganze Lieder, sondern auch Einzelstrophen betroffen sind, lange Zeit als in wesentlichen Punkten gelöst galt, war das Verdienst von Moriz Haupt, dessen Ausgabe in der 1923 von Edmund Wießner besorgten zweiten Auflage zwar auch heute noch die am gründlichsten durchgearbeitete Textbasis bildet, jedoch dringend einer dem Gesamtzustand der Überlieferung angemesseneren kritischen Neubearbeitung bedarf. Unsere Auswahl folgt der von Hanns Fischer revidierten »kleinen« Wießnerschen Ausgabe (Nr. 44 der Altdeutschen Textbibliothek).

Die herkömmliche liedtypologische Einteilung des Neidhartschen Werkes in Sommerlieder (Reien) und Winterlieder hat formale wie inhaltliche Gründe. Neue Wege ist Neidhart vor allem in bezug auf den Inhalt gegangen, indem er entgegen aller höfischen Tradition Bilder aus bäuerlichen Freizeitvergnügungen, zumal aus dem dörflichen Tanzleben, in den Mittelpunkt seiner Lied-Inszenierungen gestellt und den Trägerinnen seiner Frauenrollen prinzipiell bäuerlichen Stand zugewiesen hat. Während die Situationen in den die Gesprächsszene bevorzugenden Sommerliedern (überwiegend Mutter-Tochter- oder Gespielinnen-Dialoge) zumeist dem ländlichen Tanz unter der Dorflinde zugeordnet sind, zeigt die andere, im wesentlichen als Sängermonologe sich verwirklichende Gruppe entweder die vom lärmenden Gehabe der ungeschlachten Bauerngecken erfüllte winterliche Tanzstube oder bei gleichzeitigem Ausbau des dörperlichen Feindbildes ein auf Andeutungen reduziertes wechselndes Szenarium. Dieser jahreszeitlichen Differenzierung

entsprechen die den jeweiligen Liedtyp anzeigenden Natureingänge, die kaum einem Lied fehlen, von knapper Formelhaftigkeit bis zu ausgeführter epischer Bildhaftigkeit reichen können und auf der einen Seite die freudig begrüßte Ankunft des Frühlings nachzeichnen, auf der anderen den beklagenswerten Einbruch des Winters (mit meist negativ gewendeten Sommermotiven) schildern.
Sommerfreude und Winterleid bestimmen auch jeweils die Rolle, in der sich das Sänger-Ich in den überhaupt stark persönlich einstilisierten Liedern präsentiert. Im Sommer ist es die des auch ohne eigenes Dazutun erfolgreichen ritterlichen Liebhabers, den die tanz- und liebeshungrigen Bäuerinnen ungehemmt begehren und umschwärmen. Im Winter dagegen, die offenbar früheste, 10 Lieder umfassende Gruppe ausgenommen, behindert den nunmehr minnesanggemäß ohne Erfolg werbenden Rittersänger die eifersüchtige Feindseligkeit der bäuerischen Rivalen und läßt ihn die Gunst seines Mädchens verlieren oder gar nicht erst erringen, so daß ihm am Ende in seiner Isolierung nur wirkungsloser Spott und Racheschwüre bleiben. Ebenso streng sind die beiden Gruppen formal geschieden. Den einfacheren, selten über sechs Zeilen hinausgehenden und grundsätzlich unstollig gebauten Strophen der Sommerlieder stehen in den Winterliedern umfangreiche, kunstvoll verknüpfte dreigliedrige Gebilde gegenüber, die den im hochhöfischen Minnesang vorherrschenden Kanzonentyp erfindungsreich weiterführen.
Da Sommerlieder und Winterlieder zumindest über einen längeren Zeitraum nebeneinander hergehen, ist es schwer, wenn nicht unmöglich, die chronologische Folge der Lieder exakt zu bestimmen. Obwohl raffiniert einbezogene Erzählelemente und wiederkehrende Hinweise auf bestimmte Ereignisse, Personen und Lokalitäten liedübergreifende narrative Zusammenhänge bilden, läßt sich innerhalb beider Gruppen im allgemeinen nur zwischen früh und spät mit einiger Sicherheit differenzieren, d. h. zunächst und in erster Linie zwischen bayrischen Liedern, denen allein die Neid-

hartsche *Riuwental*-Rolle anzugehören scheint, und in Österreich entstandenen Liedern. Alle weiteren Entscheidungen müssen sich in der Regel auf innere Gründe stützen. Dennoch gibt es genug Anhaltspunkte, aus denen gefolgert werden darf, daß die Entwicklung des Sommerliedtypus der Genese seines winterlichen Gegenstücks vorausgegangen ist, daß der sich zuspitzenden Entfaltung des Feindbildes der Dörper auch chronologische Implikationen innewohnen und daß die mit der Welt abrechnenden Winterlied-Töne an das Ende des dichterischen Schaffens Neidharts gehören.
Angesichts der widerspruchsvollen und sich z. T. recht schwer zusammenfindenden Elemente, die Neidharts Lyrik konstituieren, ist es nur natürlich, daß die Frage nach des Dichters Quellen noch keine einheitliche Beantwortung gefunden hat. Man wird allerdings kaum fehlgehen, wenn man mit einer Vielfalt von Vorbildern und Einflüssen rechnet. Was die Sommerlieder z. B. angeht, so sind neben nachweisbaren Beziehungen zur Vagantenpoesie, zur romanischen Pastourelle und zu Walthers Mädchenliedern gewiß auch Anregungen aus unterliterarischen volkstümlichen Tanzstrophen einzukalkulieren, nicht zuletzt hinsichtlich Form und Rhythmik. Ebenso sicher dürfte auch sein, daß sich allein aus altem Jahreszeitenbrauchtum und spielmännischer Tradition die charakeristischen Eigenarten von Sommer- und Winterliedern nicht herleiten lassen, obwohl man das lange Zeit angenommen hat. Alle Versuche, hier weiterzukommen, verlieren sich einstweilen noch im Dunkel der Spekulation. Unbestreitbar ist hingegen die Gebrauchsfunktion beider Liedgruppen auch als Tanzlieder. In einigen unter des Dichters Namen überlieferten Singweisen glaubt man sogar kennzeichnende Stilelemente des altheimischen Tanzliedes zu fassen. Daß Neidharts Lieder tatsächlich beim Tanze Verwendung gefunden haben, ist zwar oft bezweifelt worden. Doch steht einer solchen Annahme nichts Ernstliches im Wege, zumal uns für die Wiener Hofgesellschaft Friedrichs des Streitbaren Tanzveranstaltungen auch größeren Stils ausdrücklich bezeugt sind und nach Neidharts und

des Tannhäusers Angaben der Herzog selber als Vorsänger dabei in Erscheinung getreten ist.

Neidharts Lieder erweisen ihren Schöpfer nicht nur als Meister höfischer Formkunst und Versbehandlung. Er beherrscht in gleicher Vollkommenheit die gesamte Palette der motivischen, sprachlichen und stilistischen Möglichkeiten der klassischen Minnelyrik, die er geschickt für seine eigenen, ganz andersartigen Zwecke zu nutzen weiß. Die Macht der Tradition verrät sich auf Schritt und Tritt, im Zuschnitt des Details wie in der Gesamtkonzeption der Lieder. Und doch setzt jedes einzelne von ihnen bei aller auch ihnen eignenden Schematisierung immer wieder so deutlich kontrastierende Akzente, daß das dissonante In-, Mit- und Gegeneinander von Vertrautem, seiner vielgestaltigen Verkehrung und völlig Neuem kaum anders denn als Ausdruck eines grundlegend gewandelten dichterischen Selbst- und Weltverständnisses aufgefaßt werden kann. Daß dies mit Erfahrungen des Autors und Einsichten in soziale Zusammenhänge und geschichtliche Entwicklungen zu tun haben wird, steht außer Frage. Entsprechende Veränderungen im Publikumsgeschmack mögen Neidhart entgegengekommen sein und unter dem Aspekt der Unterhaltungsfunktion der Lieder eingewirkt haben.

Gleichwohl läßt Neidharts Dichtung keine einfache oder gar eindeutige Deutung zu. Obschon die gerade im letzten Jahrzehnt besonders intensiv gewesenen Bemühungen der Spezialforschung ein breites Spektrum an Erklärungsmodellen bereitgestellt haben, kann von einem einheitlichen Neidhart-Bild der Literaturgeschichtsschreibung nach wie vor keine Rede sein. Unumstritten ist freilich, daß der Dichter selbst in seinen heitersten Sommerliedern, die am ehesten noch als Spaß hingehen mochten, kein Bauernfreund ist. Ebenso einig ist man sich darin, daß die Winterlieder, über die wachsende Freude an ihrer neuen Stofflichkeit hinaus, zunehmend aggressiver und hintergründiger werden und daß Neidhart »bedrohlicher noch als Walther« »die von unten aufdringenden noch ganz ungeschlachten Kräfte« (de

Boor) wahrnimmt, denen er in den Dörpern seiner Lieder unverwechselbare Gestalt gegeben hat. Doch ohne Zweifel teilt der Dichter auch Schläge in die eigene Richtung und in die der sich offenbar wandelnden Hofgesellschaft aus, deren Ausmaß und Schärfe indes unterschiedlich bewertet werden. Immerhin stellen sich Parodie und Satire als durchweg zweischneidige literarische Instrumente dar und belassen so auch dem neuzeitlichen Betrachter der Neidhartschen Liedkunst ihren tief problematischen Charakter.

Die vorliegende Auswahl strebt einen repräsentativen Querschnitt durch Neidharts lyrisches Œuvre an und versucht, neben den im engeren Sinne kennzeichnenden Liedtypen auch die markanteren Varianten hinreichend zu Wort kommen zu lassen. Die den mittelhochdeutschen Texten beigegebenen Prosaübertragungen in das Neuhochdeutsche können und wollen das Original nicht ersetzen, bestenfalls zu ihm hinführen. Sie sind um Genauigkeit und ein hohes Maß an Wörtlichkeit bemüht, ohne sich der Möglichkeiten zur Wahl freierer Wendungen im Interesse sinnlicher Anschaulichkeit prinzipiell zu enthalten. Es liegt ohnehin in der Natur einer jeden Übersetzung aus dem Mittelhochdeutschen, daß sie nie alle Wünsche zu erfüllen vermag, zumal wenn es sich um Lyrik handelt. Sachliche und sprachliche Erläuterungen zum mittelhochdeutschen Text wie zu den neuhochdeutschen Übertragungen sind, soweit sie meinem Ermessen nach notwendig erschienen, in einem Anmerkungsanhang zusammengefaßt. Ohne die reichen Hilfsmittel der Neidhart-Forschung, vor allem ohne Wießners Kommentar und Wörterbuch, die dankbar benutzt worden sind, hätten weit mehr Fragezeichen gesetzt werden müssen. Den Einzelanmerkungen ist jeweils eine knappe Charakterisierung des entsprechenden Liedes mit Hinweisen auf inhaltliche und kompositorische Besonderheiten vorangestellt. Um die einstige musikalische Existenz der Lieder Neidharts zu dokumentieren und praktische Aufführungsversuche zu ermöglichen, folgt als zweiter Anhang noch ein eigener Notenteil mit rhythmisierten Übertragungen der zu den hier

aufgenommenen Liedtexten überlieferten Singweisen. Die abschließenden Literaturhinweise, die sich zwangsläufig auf eine schmale Auswahl aus dem Vorhandenen beschränken müssen, bevorzugen bewußt die Nennung neuerer Publikationen, nicht nur weil diese die Träger der aktuellen wissenschaftlichen Diskussion sind, sondern auch die Gewähr bieten, je nach Interessenlage alle einschlägigen älteren Titel ermitteln zu können.

Inhalt

Deutsche Literatur des Mittelalters

IN RECLAMS UNIVERSAL-BIBLIOTHEK

Althochdeutsche poetische Texte. Ahd./Nhd. (K. A. Wipf) 8709

Das Annolied. Mhd./Nhd. (E. Nellmann) 1416

Berthold von Regensburg: Vier Predigten. Mhd./Nhd. (W. Röcke) 7974

Die deutsche Literatur. Ein Abriß in Text und Darstellung. Bd. 1: Mittelalter I. 9601 – Bd. 2: Mittelalter II. (H. J. Koch) 9605

Deutscher Minnesang (1150-1300). Mhd./Nhd. (F. Neumann / K. E. Meurer) 7857

Das Donaueschinger Passionsspiel. (A. H. Touber) 8046

Das Eckenlied. Mhd. / Nhd. (F. B. Brévart) 8339

Meister Eckehart: Vom Wunder der Seele. Ausw. (F. A. Schmid Noerr/J. Lanczkowski) 7319

Erhebe dich, meine Seele. Mystische Texte des Mittelalters. (J. Lanczkowski) 8456 – auch geb.

Frauenlieder des Mittelalters. Zweispr. (I. Kasten) 8630

Friedrich von Hausen: Lieder. Mhd./Nhd. (G. Schweikle) 8023

Gottfried von Straßburg: Tristan. Mhd./Nhd. (F. Ranke/R. Krohn) Bd. 1: Text. Verse 1-9982. 4471 – Bd. 2: Text. Verse 9983-19548. 4472 – Bd. 3: Komm., Nachw. und Register. 4473

Hartmann von Aue: Der arme Heinrich. Mhd./Nhd. (S. Grosse/U. Rautenberg) 456 – Gregorius, der gute Sünder. Mhd./Nhd. (B. Kippenberg/Nachw. v. H. Kuhn) 1787 – Lieder. Mhd./Nhd. (E. v. Reusner) 8082

Heinrich der Glîchezâre: Reinhart Fuchs. Mhd./Nhd. (K.-H. Göttert) 9819

Heinrich von Morungen: Lieder. Mhd./Nhd. (H. Tervooren) 9797

Heinrich von Veldeke: Eneasroman. Mhd./Nhd. (L. Ettmüller/ D. Kartschoke) 8303

Heliand und die Bruchstücke der Genesis. (F. Genzmer/B. Sowinski) 3324

Herzog Ernst. Mhd./Nhd. (B. Sowinski) 8352

Johannes von Tepl: Der Ackermann und der Tod. (F. Genzmer/W. Mieder) 7666

König Artus und seine Tafelrunde. Europ. Dichtung des Mittelalters. (W.-D. Lange/K. Langosch) 9945 – auch geb.

Konrad von Würzburg: Heinrich von Kempten. Der Welt Lohn. Das Herzmaere. Mhd. (E. Schröder/H. Rölleke) 2855

Kudrun. (K. Simrock/F. Neumann) 465

Moriz von Craûn. Mhd./Nhd. (A. Classen) 8796

Neidhart von Reuental: Lieder. Ausw. Mit den Noten zu neun Liedern. Mhd./Nhd. (H. Lomnitzer) 6927

Das Nibelungenlied. (F. Genzmer/B. Sowinski) 642

Otfrid von Weissenburg: Evangelienbuch. Ausw. Ahd./Nhd. (G. Vollmann-Profe) 8384

Das Redentiner Osterspiel. Mnd./Nhd. (B. Schottmann) 9744

Reineke Fuchs. Das niederdt. Epos »Reynke de Vos« von 1498. (K. Langosch) 8768

Reinmar: Lieder. Nach der Weingartner Liederhs. Mhd./Nhd. (G. Schweikle) 8318

Sachsenspiegel (Landrecht). (Cl. Freiherr von Schwerin/H. Thieme) 3355

Der Stricker: Erzählungen, Fabeln, Reden. Mhd./Nhd. (O. Ehrismann) 8797

Tagelieder des deutschen Mittelalters. Mhd./Nhd. (M. Backes, A. Wolf) 8831

Tristan und Isolde im europäischen Mittelalter. (D. Buschinger/W. Spiewok) 8702 – auch geb.

Wernher der Gärtner. Helmbrecht. Mhd./Nhd. (F. Tschirch) 9498 – Meier Helmbrecht. Versnovelle. (J. Ninck) 1188

Heinrich Wittenwiler: Der Ring. Fnhd./Nhd. (H. Brunner) 8749

Wolfram von Eschenbach. Parzival. Mhd. (K. Lachmann/W. Spiewok) Bd. 1: Bücher 1-8. 3681 – Bd. 2: Bücher 9-16. 3682 – Parzival. Ausw. (W. Hertz/W. Hofstaetter) 7451

Oswald von Wolkenstein: Lieder. Ausw. Mhd./Nhd. (B. Wachinger) 2839

Philipp Reclam jun. Stuttgart